I0751932

Grazia Deledda

La madre

Romanzo

NOR

In copertina: Giuseppe Biasi, *Uomini e donne in chiesa*, cromolinografia (1938 circa).

Collana "Le Grazie"

PoD Edition

Grazia Deledda
La madre
ISBN **978-88-3309-036-8**

Editziones NOR, carrera Lombardia 11, I-09074 Ilartzi (Aristanis), Sardigna.
www.nor-web.eu – info@nor-web.eu

Presentazione

La madre venne pubblicato per la prima volta a puntate nel 1919 sul quotidiano romano "Il Tempo" e l'anno successivo apparve in volume per Treves, prestigioso editore che aveva già accolto nel suo catalogo numerose opere della Deledda.

La madre arriva infatti dopo una serie di romanzi più famosi, come *Elias Portolu* (1900), *L'edera* (1908) e *Canne al vento* (1913). La Deledda viveva da vent'anni a Roma e aveva raggiunto un grande successo di pubblico e di critica. Nonostante i disaccordi sulla difficile collocazione della sua opera, il parere degli studiosi era unanime sulla ormai raggiunta maturità della sua narrativa, la cui poetica si era totalmente formata in Sardegna.

Dall'inizio del secolo i suoi romanzi avevano iniziato a essere tradotti anche all'estero[1], e nel 1928 la traduzione inglese de *La madre* (*The Mother*), di Mary G. Steegmann, vide la prefazione di David Herbert Lawrence, che aveva fatto il suo viaggio in Sardegna proprio nell'anno in cui il romanzo veniva pubblicato in volume. È in questo momento che la fama internazionale della Deledda trova conferma.

Lawrence notò come questo romanzo fosse uno dei meno tipici dell'autrice sarda, perché parlava di un tema universale: l'impossibilità dell'amore che lega un prete a una donna. Per lo scrittore inglese la Sardegna, con le passioni della sua civiltà arcaica, era comunque il fulcro della narrazione, in cui è la logica dell'istinto a predominare.

Quello su cui si è invece concentrata la critica italiana è l'allontanamento dal tipo di narrazione precedente. In quest'opera la Deledda abbandona infatti il racconto lineare e si dedica a una

---

1) Il romanzo *La madre* a oggi risulta tradotto in 16 lingue: inglese (1922), tedesco (1922), arabo (1926), finlandese (1928), oriya (1954), spagnolo (1956), afrikaans (1966), francese (1981), esperanto (1983), irlandese (1985), bengalese (1986), catalano (2009), tamil (2014), cinese (2015), sardo (2016) e portoghese brasiliano (2018). Fonte: OCLC WorldCat.

moderna narrazione in cui le vicende dei protagonisti emergono attraverso sogni e flashback.

La presenza del diavolo e delle superstizioni, il paesaggio interiorizzato, l'avvertimento che venire meno ai propri doveri conduce sempre all'irreparabile sono imprescindibili costanti dell'opera della Deledda. Ma in questo romanzo la Sardegna è una presenza quasi più vaga, a risaltare sono invece le psicologie dei personaggi, alle prese con la consueta lotta tra desiderio e divieti, che questa volta riguarda uno dei più forti tabù. Il tema del celibato dei preti, già affrontato dalla Deledda in *Elias Portolu*, e del voto di castità come incomprensibile sacrificio conferma l'attualità e il coraggio del pensiero della scrittrice nuorese.

LA MADRE

ANCHE QUELLA NOTTE, dunque, Paulo si disponeva ad uscire.

La madre, nella sua camera attigua a quella di lui, lo sentiva muoversi furtivo, aspettando forse, per uscire, ch'ella spegnesse il lume e si coricasse.

Ella spense il lume ma non si coricò.

Seduta presso l'uscio si stringeva una con l'altra le sue dure mani di serva, ancora umide della risciacquatura delle stoviglie, calcando i pollici uno sull'altro per farsi forza; ma di momento in momento la sua inquietudine cresceva, vinceva la sua ostinazione a sperare che il figlio s'acquetasse, che, come un tempo, si mettesse a leggere o andasse a dormire. Per qualche minuto, infatti, i passi furtivi del giovane prete cessarono; si sentiva solo, di fuori, il rumore del vento accompagnato dal mormorio degli alberi del ciglione dietro la piccola parrocchia: un vento non troppo forte ma incessante e monotono che pareva fasciasse la casa con un grande nastro stridente, sempre più stretto, e tentasse sradicarla dalle sue fondamenta e tirarla giù.

La madre aveva già chiuso la porta di strada con due spranghe incrociate, per impedire al diavolo, che nelle notti di vento gira in cerca di anime, di penetrare in casa: in fondo però credeva poco a queste cose, e adesso pensava con amarezza e con una vaga derisione verso se stessa, che lo spirito maligno era già dentro la piccola parrocchia; che beveva alla brocca del suo Paulo e si aggirava intorno allo specchio di lui appeso accanto alla finestra.

Ecco che infatti Paulo si moveva di nuovo; forse era appunto davanti allo specchio, sebbene ai preti ciò non sia permesso. Ma che cosa non si permetteva Paulo, da qualche tempo in qua?

La madre ricordava di averlo spesso sorpreso, in quegli ultimi tempi, a specchiarsi a lungo come una donna, a pulirsi e lucidarsi le unghie, a spazzolarsi i capelli che si tirava in su dopo averli lasciati crescere, quasi cercando di nascondere il sacro segno della tonsura.

Egli poi usava dei profumi, si puliva i denti con polveri odorose e si passava il pettine persino sulle sopracciglia...

Le sembrava di vederlo, adesso, come se la parete divisoria si fosse spaccata: nero sullo sfondo della sua camera tutta bianca, alto, fin troppo alto, dinoccolato, andava e veniva col suo passo distratto di ragazzo, inciampando e scivolando spesso, ma tenendosi sempre in equilibrio. Aveva la testa un po' grossa sul collo sottile, e il viso pallido oppresso dalla fronte prominente che pareva costringesse le sopracciglia ad aggrottarsi per lo sforzo di reggerla e gli occhi lunghi a star socchiusi; mentre le mandibole forti, la bocca grande e carnosa e il mento duro parevano a loro volta ribellarsi con sdegno a questa oppressione, senza però potersene liberare.

Ma ecco che egli si fermava davanti allo specchio, e tutto il suo viso diventava luminoso perché le palpebre si sollevavano e nella trasparenza degli occhi castanei la pupilla raggiava come un diamante.

La madre si compiaceva, in fondo, nel suo cuore di madre, a vederlo così, bello e forte; quando il passo furtivo di lui la richiamò alla sua pena.

Egli usciva, non c'era più dubbio, usciva. Aprì l'uscio della sua camera. Si fermò di nuovo. Forse tendeva anche lui l'orecchio ai rumori intorno. Solo il vento continuava a sbattersi contro la casa.

La madre tentò di alzarsi, di gridare.

"Figlio, Paulo, creatura di Dio, fermati."

Ma una forza superiore alla sua volontà fermava lei. Le ginocchia tremavano, come cercando di ribellarsi a quella forza infernale: le ginocchia tremavano, ma i piedi non volevano muoversi; era come se due mani possenti li fermassero al pavimento.

Così il suo Paulo poté scendere silenzioso la scaletta, aprire la porta e andarsene: il vento parve portarselo via d'un colpo.

Solo allora ella riuscì ad alzarsi, a riaccendere il lume, ma anche questo con difficoltà, perché gli zolfanelli lasciavano lunghe scie di luce violetta sul muro ov'ella li sfregava ma non si accendevano.

Finalmente la piccola lucerna d'ottone sparse un velo di luce nella cameretta nuda e povera come quella di una serva, ed ella aprì l'uscio e si sporse, ascoltando. Tremava; eppure si moveva tutta d'un pezzo, dura, legnosa, con la testa grossa sul corpo bassotto e forte che, rivestito d'un panno nero scolorito, pareva ritagliato a colpi di scure dal tronco d'un rovere.

Dall'alto del suo uscio ella vedeva la scaletta di ardesia, ripida fra le pareti bianche, e in fondo la porta che il vento scuoteva sui cardini. Vide le stanghe levate da Paulo appoggiate al muro, e fu presa da un impeto d'ira.

No, voleva vincere il demonio. Depose il lume sull'alto della scaletta, scese e uscì anche lei.

Il vento la investì con violenza, gonfiandole il fazzoletto e le vesti, pareva volesse costringerla a rientrare; ella si legò forte il fazzoletto sotto il mento, e procedé a testa bassa come per dar di cozzo all'ostacolo: così rasentò la facciata della parrocchia, il muro dell'orto e la facciata della chiesa. Arrivata all'angolo di questa, si fermò. Paulo aveva svoltato di là e attraversava quasi di volo, come un grande uccello nero, con le falde del mantello svolazzanti, il prato che si stendeva davanti ad una casa antica addossata quasi al ciglione che chiudeva l'orizzonte sopra il villaggio.

Il chiarore ora azzurro ora giallo della luna travolta da grandi nuvole in corsa illuminava il prato erboso, la piazzetta sterrata davanti alla chiesa e alla parrocchia, e due fila di casupole serpeggianti ai due lati d'una strada in pendio che andava a perdersi fra le macchie della vallata. E in mezzo a questa appariva, come un'altra strada grigia e tortuosa, il fiume che a sua volta andava a confondersi tra i fiumi e le strade del paesaggio fantastico che le nuvole, spinte dal vento, componevano e scomponevano ogni tanto sull'orizzonte allo sbocco della valle.

Nel paesetto già più non si vedeva un lume, un filo di fumo. Dormivano, le povere casette arrampicate come due file di pecore su per la china erbosa, all'ombra della chiesetta che col suo esile campanile, riparato a sua volta sotto il ciglione, pareva il pastore appoggiato al suo vincastro.

Gli ontani in fila davanti al parapetto della piazza della chiesa si sbattevano furiosi al vento, neri e sconvolti come mostri; al loro fruscio rispondeva il lamento dei pioppi e dei canneti della valle: e a tutto quel dolore notturno, all'ansito del vento e al naufragare della luna fra le nuvole, si confondeva l'angoscia agitata della madre che inseguiva il figlio.

Fino a quel momento ella s'era illusa nella speranza di vederlo scendere al paesetto per visitare qualche malato: eccolo invece che correva come trasportato dal diavolo verso la casa antica sotto il ciglione.

E nella casa antica sotto il ciglione non c'era che una donna sana, giovine e sola...

Ed ecco che, invece di dirigersi alla porta come un semplice visitatore, egli andava dritto alla porticina dell'orto, e questa si apriva e si chiudeva dietro di lui come una bocca nera che lo ingoiasse.

Allora anche lei si slanciò attraverso il prato, quasi seguendo il solco fra l'erba lasciato da lui, fino alla porticina contro la quale puntò le mani aperte spingendo con tutta forza.

La porticina non cedette: anzi aveva come una forza di repulsione; e la donna ebbe voglia di percuoterla, di gridare: guardò in su e palpò il muro come per provarne la resistenza. Infine, disperata, tese l'orecchio; ma si udiva solo il fruscio stridente degli alberi dell'orto, che, anch'essi amici e complici della loro padrona, pareva volessero col loro coprire ogni altro rumore intorno.

La madre però voleva vincer lei, voleva sentire, sapere... O meglio, poiché in fondo all'anima sapeva già la verità, voleva illudersi ancora d'ingannarsi.

Senza cercare oltre di nascondersi, andò lungo il muro dell'orto, lungo la facciata della casa, e più giù ancora, fino al portone del cortile: e palpava le pietre come cercandone una che cedesse, che lasciasse un buco per entrare.

Tutto era solido, compatto, chiuso: il portone, la porta, le finestre munite d'inferriata, parevano le aperture d'una fortezza.

La luna, in quel momento chiara in un lago d'azzurro, illuminava la facciata rossastra sulla quale ricadeva l'ombra del tetto spiovente ricoperto d'erbe: i vetri delle finestre, senza persiane ma con gli scurini chiusi di dentro, brillavano come specchi verdognoli riflettendo le nuvole e gli squarci d'azzurro e gli alberi mossi del ciglione.

Ella tornò indietro, rasentando con la testa gli anelli di ferro infissi nel muro per legarvi i cavalli: si fermò di nuovo davanti alla porta, e d'un tratto, davanti a quella porta alta su tre scalini di granito, riparata sotto un arco gotico e listata di ferro, si sentì umiliata, impotente a vincere, più piccola di quando bambina s'indugiava lì sotto con gli altri ragazzi poveri del paesetto aspettando che il padrone uscisse e buttasse loro qualche soldo.

A volte, in quel tempo lontano, la porta era spalancata e lasciava vedere un ingresso scuro lastricato di pietra, con sedili pure di pietra. I ragazzi si spingevano fin sulla soglia gridando e la loro voce rimbombava nell'interno della casa come in una grotta: una serva s'affacciava per scacciarli.

– Come, ci sei anche tu, Maria Maddalena? Non ti vergogni ad andare coi monelli, grande come sei?

E lei si scostava intimidita, pur volgendosi ancora a guardare con curiosità l'interno misterioso della casa; e così si scostava adesso, stringendosi le mani disperata e volgendosi a guardare la porticina che aveva ingoiato il suo Paulo come un trabocchetto, ma a misura che rifaceva i suoi passi e ritornava verso casa si pentiva di non aver gridato, di non aver buttato dei sassi contro la porta per farsela aprire e tentare di riprendersi il figlio: si pentiva, si fermava, tornava ad avanzarsi, tornava a ritirarsi, spinta e risospinta da un'incertezza angosciosa, finché l'istinto di raccogliersi, di radunare meglio le sue forze prima del combattimento decisivo non la incalzò verso la sua casa come una bestia ferita al suo covo.

Appena fu dentro chiuse la porta e si lasciò cadere seduta sulla scala.

Dall'alto scendeva il chiarore tremulo della lucerna, e tutto, nell'interno della piccola casa fino a quel tempo ferma e tranquilla come un nido fra le rocce, pareva oscillasse: la roccia era scossa nelle sue radici, il nido stava per cadere.

Il vento fuori strisciava più intenso: il diavolo limava la parrocchia, la chiesa, il mondo tutto dei cristiani.

– Signore, Signore! – gemette la madre: e la sua voce le parve quella di un'altra donna.

Allora guardò la sua ombra sulla parete della scala, e le fece un cenno con la testa. Sì, le pareva di non essere sola: e cominciò a ragionare come se davvero un'altra persona la sentisse e le rispondesse.

– Che fare, per salvarlo?

– Aspettarlo qui, finché torna, e parlargli chiaro e forte, subito, mentre ne sei ancora in tempo, Maria Maddalena.

– Egli s'irriterà. Egli negherà. È meglio andare dal vescovo e pregarlo di mandarci via da questo luogo di perdizione. Il vescovo è un uomo di Dio e conosce il mondo. M'inginocchierò ai suoi piedi: mi pare di vederlo, vestito di bianco, nel suo salone rosso, con la croce d'oro raggiante sul petto e due dita dritte a benedire. Sembra Gesù in persona. Gli dirò: «Monsignore, lei sa che la parrocchia di Aar, oltre all'essere la più povera del Regno, è colpita di maledizione. Per quasi cento anni è stata senza parroco e gli abitanti s'erano dimenticati di Dio, poi ce ne andò uno finalmente, di parroco, ma Monsignore sa che uomo fu quello. Buono e santo fino ai cinquant'anni: riedificò la parrocchia e la chiesa, fece costruire un ponte sul fiume, a spese sue; e andava a caccia e faceva vita comune coi pastori e i cacciatori. D'un tratto cambiò. Divenne cattivo come il diavolo. Faceva stregonerie. Cominciò a bere, diventò prepotente e manesco. Fumava la pipa, bestemmiava e sedeva per terra a giocare le carte coi peggiori mascalzoni del paese: che perciò lo amavano e lo proteggevano; mentre gli altri lo rispettavano appunto per questo. Poi negli ultimi anni si chiuse dentro la parrocchia, solo, senza neppure una serva: non usciva più se non per celebrare la messa, ma la celebrava prima dell'alba e nessuno ci andava. E dicono che la celebrasse ubriaco. I parrocchiani non osavano accusarlo per paura e perché si diceva che era protetto dal diavolo in persona: e quando si ammalò nessuna donna volle andare ad assisterlo; né donne e neppure uomini, di quelli per bene, andarono ad assisterlo nei suoi ultimi giorni; eppure alla notte si vedevano tutte le finestre della parrocchia illuminate, e si dice che, in quelle notti, il diavolo abbia scavato un passaggio sotterraneo, di qui al fiume, per portarsi via anche la spoglia mortale del prete. E per questo passaggio lo spirito del parroco ritornava, negli anni di poi, dopo la sua morte, e imperava ancora nella parrocchia, dove nessun altro sacerdote voleva venire ad abitare. Un prete veniva da un altro paese tutte le domeniche, a celebrare la messa e a seppellire i morti; ma una notte lo spirito del parroco morto fece crollare il ponte. Dieci anni la parrocchia rimase senza prete, finché venne il mio Paulo. Ed io con lui. Si trovò il paese e gli abitanti inselvatichiti, senza fede; ma tutto rifiorì, dopo la venuta del mio Paulo; come la terra al ritorno della primavera. Però i superstiziosi dicevano bene: malanno incoglierà al nuovo parroco perché lo spirito dell'altro regna ancora nella parrocchia. Alcuni dicono che non è neppure morto; che vive qui in una abitazione sotterranea comunicante col fiume. Dico la verità, io non ho mai creduto a queste cose, né mai ho sentito rumori. Sette anni siamo qui, col mio Paulo, come in un piccolo convento. Fino a qualche tempo fa Paulo viveva ancora come un bambino innocente: studiava e pregava, e viveva per il bene dei suoi parrocchiani. Qualche volta suonava anche il flauto. Non era allegro, di carattere, ma era sereno. Sette anni di pace e di abbondanza come quelli della Bibbia. E non beveva, il mio Paulo, non andava a caccia, non fumava, non guardava una donna. Tutti i denari che poteva mettere da parte li metteva per ricostruire il ponte sotto il paese. Adesso ha ventotto anni il mio Paulo; ed ecco che la maledizione lo coglie. Una donna lo prende nelle sue reti. Monsignor Vescovo, ci mandi via di qui; salvi il mio Paulo: altrimenti egli perderà l'anima come l'antico parroco. E poi bisogna salvare anche la donna: è una donna sola, dopo tutto, esposta anche lei alle tentazioni nella solitudine della sua casa, nella desolazione di questo paesetto, dove nessuno è degno di farle compagnia. Monsignor Vescovo, vossignoria conosce questa donna: ha ospitato Lei e tutta la sua corte quando venne in visita pastorale. Ce n'è roba e spazio, in quella casa! E la donna è ricca, indipendente, sola: troppo sola! Ha fratelli e una sorella, ma tutti lontani, sposati e viventi in altri paesi. Essa è rimasta qui sola, a badare alla casa e al patrimonio: e va fuori raramente. Il mio Paulo neppure la conosceva, fino a poco tempo fa. Il padre della donna era un uomo un po' stravagante, mezzo signore, mezzo villano, cacciatore ed eretico. Basti dire che era amico dell'antico parroco. Non andava mai in chiesa; ma durante l'ultima sua malattia mandò a chiamare il mio Paulo; e il mio Paulo lo assisté fino alla morte, e gli fece un funerale come non s'era mai veduto in questi luoghi. Non una persona del villaggio mancò: neppure i bimbi lattanti tenuti in braccio dalle loro mamme. Poi il mio Paulo continuò a visitare l'unica superstite della casa. E questa orfana vive sola, con delle cattive serve. Chi la guida, chi la consiglia? Chi l'aiuta se non l'aiutiamo noi?».

Ma l'altra le domandò: – Sei certa, Maria Maddalena? Sei veramente certa di quello che pensi? Puoi davvero presentarti al Vescovo e parlare così di tuo figlio e di quell'altra persona, le prove in mano? E se nulla è vero?

– Signore, Signore!

Nascose il viso tra le mani e subito vide il suo Paulo e la donna in una stanza terrena della casa antica: una stanza vasta, che dava sull'orto, con la volta a cupola, il pavimento di cemento battuto seminato di pietruzze di mare; un gran camino si sprofondava in una parete, con due sedili ai lati e davanti un canapè antico; le pareti imbiancate con la calce ornate di armi, di teste di cervi con le corna, di quadri con le tele nere che cadevano a brandelli e dove appariva solo, qua e là, nuotante nell'ombra, qualche mano di colore terroso, qualche scorcio di viso, o una treccia di donna o qualche frutto.

Paulo e la donna stavano seduti davanti al fuoco e si stringevano la mano...

– Signore! – ripeté la madre gemendo.

E per sfuggire alla visione diabolica ne evocò un'altra. Ed ecco quella medesima stanza illuminarsi d'una luce verdognola che penetra dalla finestra a inferriata aperta verso il prato, e dalla porta nel cui vano scintilla il fogliame dell'orto ancora umido della rugiada d'autunno. Passa una corrente d'aria che muove qualche fogliolina secca sul pavimento e fa dondolare le catenelle dell'antica lampada d'ottone posata sul camino.

Da un uscio socchiuso s'intravedono altre stanze un po' buie, con le finestre chiuse.

Ella sta lì ad aspettare, con un regalo di frutta che il suo Paulo manda alla padrona di casa. E la padrona viene, quasi di corsa ma un po' diffidente; viene dalle stanze buie; vestita di nero: il suo viso pallido, stretto fra due conchiglie di trecce nere e le mani bianche scarne emergono dall'ombra come quelle delle figure dei quadri intorno.

Ed anche quando appare tutta, nella luce della stanza, la sua persona piccola e sottile ha qualche cosa di sfuggente, di sospettoso. I suoi occhi grandi, foschi, fissano subito il cestino della frutta deposto sulla tavola, poi avvolgono con uno sguardo profondo la donna che sta ad aspettare, e un sorriso rapido, che è di gioia ma anche di derisione, le illumina la bocca triste e sensuale.

E il primo dubbio della madre, ella ancora non sa perché, nasce in quel momento.

Ella non sapeva ancora perché, ma ricordava la premura con la quale la fanciulla l'aveva accolta, facendola sedere accanto a lei e domandandole notizie di Paulo. Lo chiamava Paulo come un fratello; ma trattava lei non già come una madre comune, ma quasi come una rivale che bisognava blandire e addormentare.

Le fece servire il caffè in un grande vassoio d'argento, da una serva scalza che aveva il viso bendato come un'araba; le parlò dei suoi due fratelli lontani e potenti, compiacendosi, senza parerlo, a comparire in mezzo a loro come fra due colonne che sostenevano l'edificio della sua vita solitaria. In ultimo la condusse a vedere l'orto dalla porta della stanza.

Fichi violacei coperti d'una polvere argentea, e pere, e grappoli d'uva d'oro apparivano tra il verde scintillante degli alberi e delle viti. Perché Paulo aveva dunque mandato il suo dono di frutta a chi ne aveva già tanta?

Ancora adesso nella penombra tremula della scala la madre rivedeva lo sguardo ironico e tenero che la fanciulla le aveva rivolto nel congedarla, e il suo modo di abbassare le palpebre grevi, come s'ella non conoscesse altro modo di nascondere i sentimenti che le trasparivano dalle pupille.

E quegli occhi, e quel modo di rivelare con impeto di sincerità ma poi subito di nascondere la propria anima, rassomigliavano straordinariamente a quelli del suo Paulo; tanto che nei giorni seguenti, mentre per il contegno di lui il sospetto cresceva e si faceva terrore, ella non pensava con odio alla donna che lo induceva in peccato, ma pensava al modo di salvare anche lei come se si trattasse di una sua figlia.

L'autunno e l'inverno erano passati senza avvenimenti che confermassero il suo sospetto; ma ecco al ritorno della primavera, col soffiare dei venti di marzo, il diavolo si rimetteva all'opera.

Paulo usciva di notte e andava nella casa antica.

"Come farò dunque a salvarli?"

Il vento rispondeva, di fuori, come irridendola, e urtava la porta.

Ed ella ricordava che anche nel venire al paesetto, col suo Paulo appena nominato parroco, dopo che lei era stata per vent'anni serva e aveva resistito ad ogni stimolo di vita, privandosi dell'amore e del pane per tirar su bene il suo povero ragazzo e dargli il buon esempio, un vento furioso li aveva colti in viaggio.

Si era anche allora di primavera, ma tutta la vallata sembrava d'un tratto ripresa dall'angoscia invernale; ogni foglia si torceva, gli alberi si piegavano e pareva guardassero di qua e di là spauriti le nuvole che salivano rapide nere e lucenti da tutte le parti dell'orizzonte e andavano le une contro le altre, come eserciti in battaglia; grossi chicchi di grandine cadevano come palle bucando le foglie tenere.

Allo svolto della strada, dove questa domina la vallata e comincia a scendere verso il fiume, il vento aveva investito con tale impeto i viaggiatori che i cavalli s'erano fermati, nitrendo, con le orecchie dritte per la paura. E il vento infatti scuoteva i loro freni come un bandito che li fermasse al collo per assalire i viaggiatori. Persino Paulo, che pure aveva l'aria di divertirsi, gridava con accento di vaga superstizione: – È proprio lo spirito indiavolato dell'antico parroco che ci vuol mandare indietro.

Il vento gli rubava le parole di bocca e le sperdeva lontano; ed egli tentava di sorridere con ironia; un sorriso a mezzo che lasciava vedere solo i denti dal lato sinistro della bocca; ma il suo sguardo era triste, nel fissare il paesetto che appariva come in un quadro appoggiato alla china verde, sopra la striscia agitata del fiume, all'ombra del ciglione carico di nuvole.

Passato il fiume, il vento si calmò un poco. Tutti gli abitanti del paesetto, che aspettavano il nuovo parroco come il Messia, si erano riuniti nella piazza della chiesa.

Ed ecco d'improvviso i più giovani di essi si riuniscono in gruppo e scendono incontro ai viaggiatori fino alla riva del fiume.

Vengono giù come uno stormo d'aquilotti della montagna: l'aria è agitata dai loro gridi.

Arrivati accanto al loro parroco lo circondano, lo conducono in trionfo, esplodendo di tanto in tanto i loro fucili in segno di gioia. Tutta la valle echeggia delle loro grida e degli spari: persino il vento si placa e il maltempo cessa.

Anche in quell'ora di angoscia la madre palpitava d'orgoglio rivivendo quell'altra ora di trionfo. Le pareva ancora di andare come in sogno, di essere trasportata da quei giovani chiassosi come da una nuvola ardente, e accanto a lei il suo Paulo, così ancora fanciullo, e intorno al quale tutti quegli uomini forti si inchinavano, assumeva un aspetto quasi divino.

Si va su, si va su. Nei punti più alti e nudi del ciglione brillano fuochi di gioia, le fiamme sullo sfondo delle nuvole nere sventolano come bandiere rosse; e il paesetto grigio, le chine erbose, e le tamerici e gli ontani lungo il sentiero ne sono illuminati.

Si va su, si va su. Sopra il parapetto della piazza sorge un altro muro di corpi protesi, di teste ansiose, a punta quelle degli uomini incappucciati, circondate dalla frangia svolazzante dei fazzoletti quella delle donne. Brillano gli occhi delle bambine, beate dello spettacolo; e sul profilo del ciglione le figurine smilze e nere dei ragazzi che attizzavano i fuochi sembrano diavoletti.

Attraverso la porta spalancata della chiesa s'intravedono tremolare come fiori di narciso al vento le fiammelle dei ceri; le campane suonano a distesa; e le nuvole stesse, sul cielo di pallido argento, accumulandosi tutte intorno al campanile, pare si fermino a guardare e aspettare.

Un grido s'alza dalla piccola folla.

– Eccolo! Eccolo! Sembra un santo!

Dei santi, però, egli aveva solo l'aspetto tranquillo: non parlava, non rispondeva ai saluti; non sembrava neppure commosso per quella dimostrazione popolare: solo stringeva le labbra e abbassava le palpebre inarcando le sopracciglia come se la fronte gli pesasse. D'un tratto la madre, quando furono in mezzo alla folla, lo vide piegarsi da un lato, come stesse per cadere: un uomo lo sostenne; egli si sollevò subito e corse dentro la chiesetta, s'inginocchiò davanti all'altare e intonò il rosario.

Le donne rispondevano piangendo.

Quel pianto di povere donne, ch'era tutta un'espressione di amore, di speranza, di desiderio verso un bene non terreno, la madre se lo sentiva risalire dalle viscere in quell'ora di angoscia. Il suo Paulo! Il suo Paulo! Il suo amore, la sua speranza, il suo desiderio verso un bene non terreno, ecco che glielo prendeva lo spirito del male; e lei stava lì ferma in fondo alla scaletta come in fondo a un pozzo, senza tentare di salvarlo.

Le sembrò di soffocare: il cuore le si gonfiò, duro come una pietra; le fece male. Si alzò per poter respirare meglio, risalì e riprese il lume; e tenendolo alto si guardò attorno nella sua cameretta nuda, dove il solo letto di legno e un armadio tarlato si tenevano compagnia come due vecchi amici.

Era una camera di serva, la sua: ella non aveva mai preteso di mutar sorte, contentandosi della ricchezza ch'era per lei l'esser madre del suo Paulo.

Passò nella camera di lui: bianca, col piccolo letto verginale, un tempo questa cameretta era ordinata e semplice come quella d'una fanciulla; egli amava la quiete, il silenzio, l'ordine, e teneva sempre i fiori sul tavolino da studio, davanti alla finestra; da qualche tempo però non si curava più di nulla; lasciava i cassetti aperti, i libri sulle sedie, e anche per terra.

Dall'acqua con cui s'era lavato prima di uscire, esalava un forte profumo di rosa; una veste di lui stava buttata lunga distesa per terra come un'ombra: l'ombra di lui caduto.

Quell'odore, quell'ombra, scossero di nuovo la madre dal suo avvilimento; sollevò con sdegno la veste caduta, e sentì di aver tanta forza da sollevare così anche lui. Poi mise un po' d'ordine nella camera, camminando forte senza più darsi pena di smorzare il rumore delle sue scarpe da contadino. Riaccostò al tavolino la sedia di cuoio ov'egli sedeva per studiare, e ne sbatté i piedi sul pavimento come per ordinarle di star lì e prometterle che egli sarebbe tornato presto al suo posto: poi guardò verso il piccolo specchio appeso accanto alla finestra...

Nella casa di un sacerdote non è permesso tenere specchi: egli deve vivere senza ricordarsi che ha un corpo. Per questo, almeno l'antico parroco osservava la legge; e lo si vedeva dalla strada farsi la barba guardandosi nel vetro della finestra aperta, dietro il quale metteva un panno nero! Paulo invece era attirato dallo specchio come dalla fontana dove c'è un viso che sorride, attira e fa cadere dentro.

Ed ella strappò dal chiodo il piccolo specchio che rifletteva il suo viso scuro e sdegnato e i suoi occhi minacciosi: l'ira a poco a poco la vinceva. Spalancò la finestra, lasciando penetrare il vento per purificare l'aria; e i libri e i fogli sulla tavola parvero animarsi, svolazzando qua e là fino agli angoli più lontani della camera; la frangia della coperta del letto tremò tutta, la fiammella del lume si piegò paurosa.

Ella raccattò i fogli e li rimise sul tavolino. Allora vide una Bibbia aperta, con una figura colorata che a lei piaceva tanto, e si chinò a guardarla meglio: ecco, è Gesù pastore con le pecore che s'abbeverano al fonte in mezzo alla foresta. Fra i tronchi degli alberi, sullo sfondo azzurro dell'orizzonte s'intravede una città rossa, illuminata dal tramonto: una città santa, la città della salvezza.

Sì, nei tempi passati egli vegliava la notte studiando; la finestra davanti a lui s'apriva sul ciglione fiorito di stelle; l'usignuolo cantava per lui.

Il primo anno di residenza nel paesetto, egli parlava di andarsene, di tornare nel mondo; poi s'era come addormentato, all'ombra del ciglione, tra il mormorio degli alberi: e sette anni erano passati così, e la madre non lo incitava a muoversi perché erano tanto felici lassù, nel paesetto che a lei sembrava il più bello della terra perché il suo Paulo ne era il Cristo e il Re.

Rinchiuse la finestra e riattaccò lo specchio che rifletteva il suo viso divenuto pallido, con gli occhi velati di lagrime.

Ancora una volta si domandò se non s'ingannava. Si volse, prima di uscire, verso il crocifisso appeso alla parete davanti ad un inginocchiatoio, sollevando la lucerna per vedere meglio: e nella mossa che fecero le ombre le parve che il Cristo scarno, nudo, teso sulla croce, piegasse la testa per ascoltare quello che lei voleva dirgli. Allora grosse lagrime le caddero dagli occhi, lungo il viso, sopra le vesti: e le parvero di sangue.

– Signore, salvaci tutti. Anche me, anche me. Tu che sei pallido, senza sangue, col viso, sotto la corona di spine, dolce come la rosa nel rovo; tu che sei sopra le passioni nostre, salvaci tutti.

E uscì rapida; scese nuovamente la scaletta, attraversò le stanzette terrene. Al chiarore improvviso della lucerna, qualche mosca si svegliava ronzando intorno agli spigoli dei vecchi mobili.

Dalla stanzetta da pranzo, sulla cui piccola finestra alta il vento e il rumore degli alberi del ciglione si sbattevano con un fragore di pioggia, passò nella cucina e sedette davanti al camino, dove il fuoco era già coperto di cenere.

Anche là dentro tutto tremolava per il vento che penetrava dalle fessure: e le pareva di essere, non in quella lunga e bassa cucina col soffitto obliquo sostenuto da una infinità di travi e travicelli anneriti dal fumo, ma in una barca in mezzo al mare sconvolto.

E benché decisa ad aspettare il ritorno del figlio e cominciare subito la lotta, cercava di credere ancora d'ingannarsi.

Trovava ingiusto che Dio le mandasse un dolore così. Ed ecco di nuovo ricostruiva tutto il suo povero passato, frugando nei suoi giorni per trovarvi il seme del male presente: e tutti i suoi giorni erano lì, sul suo grembo, duri e puri come i grani del rosario che le sue dita tremanti palpavano.

Nulla aveva fatto di male, lei, se non forse qualche volta col pensiero.

Si rivedeva ragazzetta, orfana, in casa di parenti poveri, in quello stesso paesetto, maltrattata da tutti: andava scalza, con grossi carichi sulla testa, a lavare i panni al fiume, a portare il grano da macinare al molino. Un suo zio, già quasi vecchio, era servo aiutante del mugnaio; e ogni volta che ella scendeva al molino, se nessuno li vedeva, la rincorreva fin dentro le fratte e le macchie di tamerici e la baciava pungendole il viso coi peli ispidi della sua barba; e la copriva tutta di farina.

Quando ella raccontò questo in casa, le zie non la lasciarono più andare al molino. Allora l'uomo, che non veniva mai in paese, una domenica ritornò in casa e disse che voleva sposare la ragazza. Gli altri parenti ridevano e gli davano degli spintoni e gli passavano la scopa sulle spalle per togliervi la farina; egli lasciava fare, guardando la ragazza con occhi lucenti. Ed ella accettò di sposarlo; e continuò a stare in casa dei parenti, ma ogni giorno scendeva al molino, e il marito, ch'ella continuava a chiamare zio, le dava una piccola misura di farina di nascosto del padrone.

Un giorno, mentre tornava su con la farina nel grembiale, le parve che in mezzo vi si agitasse qualche cosa. Lasciò spaventata le cocche del grembiale, e la farina le si sparse tutta ai piedi; allora si buttò a sedere per terra, con un senso di vertigine: le pareva ci fosse il terremoto; tutto si spaccava, intorno, le casette del paese crollavano e le pietre rotolavano sul sentiero. Anche lei si avvoltolò sull'erba bianca di farina, poi si alzò e si mise a correre ridendo, ma ancora un po' spaventata: si accorgeva di essere incinta.

Presto era rimasta vedova, col suo Paulo che ancora non parlava, ma i cui occhi luminosi pareva volessero volare: e aveva pianto il marito come un buon parente, non come uno sposo, consolandosi presto perché una cugina le proponeva di andare con lei a far la serva in città.

– Così potrai mantenere tuo figlio, e più tardi far venire giù anche lui e mandarlo a scuola.

E così aveva fatto, vivendo e lavorando solo per lui.

Le occasioni di peccare, o almeno di procurarsi qualche svago, non le erano mancate; e neppure la voglia. Il padrone e il servo, il paesano e il borghese, chi non l'aveva più o meno rincorsa, come lo zio fra le tamerici? L'uomo è cacciatore e la donna preda: eppure ella riusciva a sfuggire agli agguati, e si conservava pura perché si considerava già madre di un sacerdote. Perché dunque questo castigo adesso, Signore?

Piegò la testa stanca, mentre qualche lagrima le cadeva ancora dal viso giù fino al grembo, dove si mischiava ai grani del rosario.

Le idee si confondevano. Le pareva di essere ancora nella grande cucina grassa e calda del Seminario dove era stata serva per dieci anni, e dove appunto era riuscita a far accettare il suo Paulo: figure nere sfioravano silenziose le pareti giallognole, e nel corridoio attiguo si sentivano le risate sommesse e i pugni che i seminaristi si davano di nascosto. Ella stava seduta, stanca morta, accanto alla finestra che dava su un cortile buio; e teneva uno strofinaccio sulle ginocchia, ma non poteva neppure muovere le dita, tanto era stanca.

E anche nel sogno le pareva di aspettare Paulo che era uscito di nascosto dal Seminario senza averle detto dove andava.

"Se se ne accorgono, lo cacciano via subito" pensava: e aspettava con ansia che i rumori intorno cessassero, per riuscire a farlo rientrare di nascosto.

D'un tratto si svegliò, si guardò attorno e rivide la cucina della parrocchia, stretta e lunga e sbattuta dal vento come una barca: ma l'impressione del breve sogno era stata così forte che le parve di avere ancora sulle ginocchia lo strofinaccio, e di sentire le risate sommesse e i pugni che i seminaristi si davano nel corridoio.

Un momento; e la realtà la riprese: le parve che Paulo fosse già tornato, durante quel suo breve sonno, riuscendo a sfuggire all'attenzione di lei.

Infatti, tra i tremolii e gli scricchiolii prodotti dal vento, si udivano dei passi, nell'interno della casa: qualcuno camminava, scendeva la scaletta, attraversava le stanzette terrene, entrava nella cucina.

Ella ebbe l'impressione di continuare a sognare. Un prete piccolo e grasso, col viso nero di barba non rasa da parecchi giorni, le stava davanti e la guardava sorridendo. Aveva la bocca sdentata, e i pochi denti che conservava erano neri per il troppo fumare: gli occhi chiari volevano essere minacciosi, ma pareva lo facessero per ridere. Ella lo riconobbe subito: era l'antico parroco. Eppure non ne provò terrore.

"Tanto è un sogno" pensò. In fondo però le sembrava che pensasse così per farsi coraggio, e che l'apparizione invece fosse reale.

– Sedete – disse scostando il suo sgabello per lasciargli posto davanti al camino. Ed egli sedette, tirando un po' su la sottana e lasciando vedere le sue calze turchine scolorite e bucate.

– Giacché stai qui senza far nulla, potresti rattopparmi le calze, Maria Maddalena; nessuna donna s'è più curata di me – disse con semplicità.

Ed ella pensava: "È questo il terribile parroco? Si vede proprio che sogno". E cercò di prenderlo in giro. – Se siete morto, che bisogno avete di calze?

– Chi ti assicura che sono morto? Sono ben vivo, invece, e sono qui. E presto caccerò via tuo figlio, e te con lui, dalla mia parrocchia. Peggio per le vostre viscere, se avete voluto venire a star qui: era meglio che gli facevi fare il mestiere del padre, a tuo figlio. Ma tu sei una donna ambiziosa: hai voluto ritornare padrona dove sei stata serva. Adesso ti accorgerai del guadagno.

– Noi ce ne andremo – ella disse umile e addolorata. – È questo il mio desiderio. Uomo vivo o fantasma che tu sia, abbi pazienza per qualche giorno: ce ne andremo.

– E dove vuoi andare? Qui o là è lo stesso. Piuttosto, da' retta a uno che se ne intende: lascia che adesso il tuo Paulo segua il suo destino. Lasciagli conoscere la donna: altrimenti gli accadrà come è accaduto a me. Finché sono stato giovane non ho voluto né donne, né altri piaceri. Volevo anch'io guadagnarmi il Paradiso, e non mi accorgevo che il Paradiso è in terra. Quando me n'accorsi era tardi; il mio braccio non arrivava più a cogliere i frutti dall'albero, e le mie ginocchia non si piegavano perché potessi dissetarmi alla fontana. Allora ho cominciato a bere vino, a fumare la pipa, a giocare alle carte coi giovinastri del paese. Giovinastri li chiamavate voi; bravi ragazzi che si godono la vita come possono. La loro compagnia fa bene; da' un po' di calore e di allegria, come quella dei ragazzi in vacanza. Solo che essi sono sempre in vacanza, e per questo sono anche più allegri e spensierati dei ragazzi, i quali hanno il pensiero di dover tornare a scuola.

Mentre egli diceva queste cose, la madre pensava: "Egli parla così perché vuol convincermi a lasciar dannare il mio Paulo. È mandato dal suo amico e padrone, il diavolo: bisogna stare in guardia".

Eppure, suo malgrado, lo ascoltava volentieri, e gli dava quasi ragione. Pensava che, nonostante i suoi sforzi, anche il suo Paulo poteva perdersi, entrare anche lui 'in vacanza', e il cuore di madre andava già in cerca di scusanti per lui.

– Voi potete aver ragione, – disse, sempre più umile e addolorata, ma adesso con un po' di finzione, – io sono una povera donna ignorante e non capisco nulla; ma una sola cosa certa so: che Dio ci ha messo al mondo per soffrire.

– Dio ci ha messo al mondo per godere; ci fa soffrire per castigarci di non aver saputo godere, questo sì, idiota d'una donna. Dio ha creato il mondo con tutte le sue bellezze e poi lo ha regalato all'uomo perché se lo godesse: peggio per chi non lo capisce. Del resto non m'importa di convincerti, come tu pensi. M'importa di cacciarvi lontani di qui, tu e il tuo Paulo. Peggio per le vostre viscere se avete voluto venire a star qui.

– Ce ne andremo, non dubitate, ce ne andremo presto. Questo ve lo posso promettere: non penso ad altro.

– Tu parli così perché hai paura di me. Però fai male ad aver paura. Tu credi sia stato io, a fermarti i piedi e a impedire agli zolfanelli d'accendersi: e può darsi che sia stato io, ma non è detto che per questo io voglia far del male a te e al tuo Paulo. Solo voglio che ve ne andiate: bada però che se non tieni la parola te ne pentirai; allora ci rivedremo e ti ricorderò questo nostro colloquio. Intanto ti lascio le calze da rattopparmi.

– Va bene; ve le rattopperò.

– Chiudi gli occhi, allora, perché non voglio che tu mi veda le gambe nude. Ah, ah, – egli rise, togliendosi lo scarpino da un piede con la punta dell'altro, e chinandosi poi per levarsi le calze, – nessuna donna ha mai veduto la mia carne, per quanto mi abbiano calunniato: e tu sei vecchia e brutta per esser la prima. Ecco una calza, ecco l'altra: tornerò presto per riprenderle...

Ella riaprì gli occhi e trasalì. Era di nuovo sola, nella cucina circondata dal rombare del vento.

– Che sogni, Dio mio – mormorò sospirando. Eppure si chinò a cercare le calze, mentre le pareva di sentire i passi lievi del fantasma che se ne andava, senza però uscire dalla porta.

Quando si ritrovò nel prato, dopo aver lasciato la donna, Paulo ebbe anche lui l'impressione che il vento avesse qualche cosa di vivo, di ambiguo: lo spingeva e lo respingeva; gli dava una sensazione di freddo, dopo il sogno ardente, e in pari tempo gl'incollava la veste addosso, e a quel contatto egli ricordava con un brivido la donna attaccata a lui nell'abbraccio d'amore.

Allo svolto della chiesa l'impeto del vento fu così forte ch'egli dovette per un momento fermarsi a testa bassa tenendosi con una mano il cappello e con l'altra la veste: gli mancava il respiro; provò un senso di vertigine come sua madre sulla china della valle quando s'era accorta d'essere incinta.

Anche lui sentiva, ed era un senso di disgusto e di ebbrezza insieme, che dentro di lui in quel momento nasceva qualche cosa di terribile e grande: si accorgeva, per la prima volta con piena coscienza, che amava la donna di amore carnale e che si compiaceva di questo suo amore.

Fino a poche ore prima s'era illuso, dicendo a se stesso e a lei di amarla solo spiritualmente. Riconosceva però ch'era stata la prima lei a guardarlo. Fin dal primo loro incontro gli occhi di lei avevano cercato i suoi con uno sguardo che implorava aiuto e amore.

E a poco a poco egli s'era lasciato prendere da quello sguardo, s'era avvicinato a lei con un senso di pietà: la solitudine che li premeva attorno, li spingeva l'uno verso l'altro.

E dopo gli occhi s'erano cercate e strette le mani: e quella notte s'erano baciati. Ed ecco il sangue di lui, quieto da tanti anni, divampava tutto come un liquido ardente: la carne cede, vinta e vittoriosa assieme.

E la donna gli aveva proposto di fuggire dal paese, di vivere o morire uniti. Nell'ebbrezza egli aveva accettato la proposta; dovevano rivedersi la notte seguente per combinare meglio.

Adesso la realtà del mondo esterno, e quel vento che pareva volesse denudarlo, gli portavano via il velo dell'inganno.

Si fermò ansando davanti alla porta della chiesa. Si sentiva tutto gelato; gli sembrò di trovarsi nudo sopra il paesetto e che tutti i suoi poveri parrocchiani, nel loro sonno affaticato, dovessero vederlo così: nudo, nero di peccato.

Eppure pensava al modo migliore di fuggire con la donna. Ella gli aveva detto che possedeva molti denari...

Ebbe desiderio di tornare subito indietro e dissuaderla: infatti fece alcuni passi rasente al muro, dov'era passata poco prima la madre; poi indietreggiò smarrito, cadde in ginocchio davanti alla porta della chiesa e vi appoggiò la fronte gemendo.

– Dio mio, salvatemi.

Si sentiva sbattere alle spalle l'ala nera del suo mantello: e per alcuni momenti stette così, come un avvoltoio inchiodato vivo alla porta.

Tutta la sua anima si dibatteva selvaggia, con un ansito impetuoso più di quello del vento sull'altipiano: una lotta suprema tra l'istinto cieco della carne e l'imposizione dello spirito.

Poi si alzò, senza ancora saper bene quale dei due avesse vinto. Però si sentiva già più cosciente, e si giudicava. Disse a se stesso che, più che il terrore e l'amore di Dio, e il desiderio d'elevazione e la repugnanza del peccato, lo atterriva la paura delle conseguenze d'uno scandalo.

E l'accorgersi di questo suo giudicarsi spietato lo incoraggiava, gli prometteva la salvezza. Ma in fondo sentiva di essere ormai attaccato alla donna come alla vita stessa; la portava con sé, nella sua casa, nel suo letto; e avrebbe dormito con lei, avvolto nella rete indistricabile dei suoi lunghi capelli.

E sotto il suo apparente dolore, in fondo al suo essere sentiva tutto un tumulto di gioia ardere come un fuoco sotterraneo.

Ma appena ebbe aperto la porta della parrocchia, lo colpì la striscia di luce che partiva dalla cucina e attraversava la stanzetta da pranzo e l'ingresso: poi vide la madre seduta come in veglia funebre davanti al fuoco spento; e con un senso di angoscia che non lo abbandonò più intese subito tutta la verità.

Attraversò le stanzette seguendo quel sentieruolo di luce, inciampò sullo scalino dell'uscio di cucina e arrivò fino al focolare con le mani tese in avanti come per salvarsi dalla caduta.

– E perché siete ancora alzata? – domandò con tono brusco.

La madre si volse, pallidissima nel viso ancora improntato dalla maschera del sogno; era ferma, però, quieta, quasi dura: i suoi occhi cercavano gli occhi del figlio, mentre lui sfuggiva quello sguardo.

– Ti aspettavo, Paulo. Dove sei stato?

Egli sentiva che qualunque parola che non fosse la verità, sarebbe stata fra loro due una commedia inutile: eppure bisognava mentire.

– Da una malata – rispose subito.

La sua voce forte parve per un attimo dissipare il cattivo sogno. Un attimo. La madre s'illuminò di gioia: poi l'ombra le ricadde sul viso, sul cuore.

– Paulo, – disse piano, abbassando gli occhi con un senso di vergogna, ma senza esitare oltre, – avvicinati, devo parlarti.

E sebbene egli non s'avvicinasse, continuò sottovoce, come parlandogli all'orecchio: – Lo so, dove sei stato. È da parecchie notti che ti sento uscire; e questa sera ti son venuta appresso, e ho veduto dove entravi. Paulo, pensa a quel che fai.

Egli taceva: pareva non avesse sentito. La madre tornò a sollevare gli occhi; lo vide alto sopra di lei, d'un pallore di morte, immobile sulla sua ombra sul muro come Cristo sulla croce.

E avrebbe voluto che egli gridasse, protestando la sua innocenza.

Egli invece ripensava al grido dell'anima sua davanti alla porta della chiesa: ed ecco che Dio l'aveva inteso e gli mandava incontro la madre stessa per salvarlo. Desiderò piegarsi, caderle sul grembo, pregarla di condurlo subito via così un'altra volta dal paesetto; e nello stesso tempo sentiva il mento tremargli per l'umiliazione e la rabbia: umiliazione di vedere la sua debolezza scoperta; rabbia di essere stato sorvegliato e spiato. Eppure soffriva anche per il dolore che dava a lei.

Pensò subito che non solo bisognava salvarsi, ma salvare anche le apparenze.

– Mamma, – disse avvicinandosi e posandole una mano sulla testa – vi dico che sono stato da una malata.

– Non vi sono malati in quella casa.

– Non tutti i malati stanno a letto.

– E allora tu sei malato più della donna che vai ad assistere, e bisogna che ti curi. Paulo, io sono una donna ignorante, ma sono tua madre: e ti dico che il peccato è una malattia peggiore di ogni altra perché intacca l'anima. E poi, – aggiunse prendendogli la mano e tirandolo giù perché egli si piegasse e ascoltasse meglio – non sei tu solo che devi salvarti, figlio di Dio... Pensa che non devi perdere l'anima di lei... e neppure portarle danno in questa vita.

Egli si era piegato alquanto, ma tosto si raddrizzò come una verga d'acciaio: la madre lo aveva colpito al cuore. Sì, era vero, in tutta quell'ora d'inquietudine, dopo lasciata la donna, non aveva pensato che a sé solo.

Tentò di ritirare la mano, da quella dura e fredda di lei, ma la sentì stretta in modo insostenibile; ed ebbe l'impressione di essere legato, arrestato, condotto in carcere.

Di nuovo pensò a Dio. Era Dio che lo legava; bisognava lasciarsi condurre; ma provava anche l'irritazione e la disperazione dell'arrestato colpevole, che non vede via di scampo.

– Lasciatemi, – disse aspro, ritirando a forza la mano, – non sono più un ragazzo, e vedo da me il mio bene e il mio male.

Allora la madre si sentì gelare tutta: le parve ch'egli le avesse confessato il suo errore.

– No, Paulo, tu non vedi il tuo male. Se tu lo vedessi non parleresti così.

– E come dovrei parlare?

– Dovresti non gridare, e dirmi che non c'è nulla di male, fra te e la donna. Invece, questo tu non dici, perché in tua coscienza non puoi dirlo: e allora è meglio che tu non parli. Non parlare: non te lo domando; ma pensa bene a quello che fai, Paulo...

Paulo infatti taceva, scostandosi lentamente: arrivato in mezzo alla cucina si fermò, aspettando ch'ella proseguisse.

– Paulo, io non ho altro da dirti, e non voglio dirti più nulla. Ma parlerò di te con Dio.

Allora egli le balzò di nuovo accanto, parve volesse percuoterla; i suoi occhi luccicavano.

– Basta! – gridò. – Fareste bene davvero a non parlare più di questo; né con me né con nessuno. Tenetevi per voi le vostre immaginazioni.

Ella si alzò, dura, ferma: lo afferrò per le braccia e lo costrinse a guardarla negli occhi; poi lo lasciò e tornò a sedersi, con le mani intrecciate sul grembo e i pollici che si premevano e si facevano forza l'uno con l'altro.

Ed egli s'avviò per andarsene; poi tornò indietro, si mise a camminare su e giù per la cucina. Il rumore del vento accompagnava il fruscio della sua veste; ed era un fruscio come di vesti da donna, perch'egli s'era fatto fare la sottana di seta e il mantello di stoffa finissima.

E in quel momento d'incertezza, mentre aveva l'impressione di essere attortigliato da un vortice, anche quel fruscio gli parlava, gli diceva che la sua vita ormai era un turbine di errori, di leggerezze, di cose vili. Tutto gli parlava; il vento, di fuori, che gli ricordava la lunga solitudine della sua giovinezza, e, dentro, la figura triste della madre, lo scricchiolio del suo passo, l'ombra sua stessa.

E su e giù, su e giù, egli voleva calpestare la sua ombra, voleva vincere se stesso. Pensò con orgoglio che non occorreva un aiuto sovrannaturale, com'egli l'aveva invocato, per salvarsi; ma subito ebbe terrore di quest'orgoglio.

– Alzatevi e andate a letto – disse alla madre, tornandole accanto; e come la vide immobile, a testa bassa, come addormentata, si chinò per guardarla meglio e s'accorse ch'ella piangeva in silenzio.

– Mamma!

– No, – ella disse senza muoversi – io non riparlerò mai più con te, né con nessuno, di questo; ma non mi muoverò di qui se non per andarmene dalla parrocchia e dal paese e non ritornarvi più, se tu non mi giuri di non rimettere piede in quella casa.

Egli si sollevò, ripreso da un senso di vertigine: di nuovo la superstizione lo vinse, gli suggerì di promettere quanto la madre chiedeva, poiché era Dio stesso che glielo chiedeva per mezzo di lei. Nello stesso tempo un flotto di amare parole gli saliva alle labbra: sentì voglia di gridare, di rinfacciare e rimproverare alla madre di averlo portato via dal paese per avviarlo in una strada che non era la sua; ma a che serviva? Ella non avrebbe neppure capito. Via, via! Con la mano fece cenno di scacciare davanti al suo viso le ombre che passavano: poi d'un tratto tese questa mano sopra la testa della madre e gli parve che le sue dita un po' aperte s'allungassero in raggi luminosi.

– Madre, vi giuro che non tornerò più in quella casa.

E tosto si allontanò con l'impressione che tutto fosse finito. Era salvo. Eppure attraversando la stanzetta attigua sentì la madre singhiozzare forte come lo piangesse morto.

Rientrato nella sua camera, il profumo di rosa e l'aspetto delle cose tutte che s'erano come imbevute e colorite della sua passione lo stordirono di nuovo: andò qua e là senza sapere perché, aprì la finestra, immerse la testa nel vento; e gli parve di essere una delle mille foglie del ciglione protese nel vuoto, ora nel grigio dell'ombra, ora nella luce radiosa della luna, in balìa del vento e del gioco delle nuvole. Infine si sollevò, chiuse e disse ad alta voce: – Bisogna essere uomini.

E si raddrizzò, e gli parve di essere tutto duro e freddo, fasciato di una corazza d'orgoglio. Non voleva più sentire la sua carne, né il dolore né la gioia del sacrifizio, né la tristezza della sua solitudine; non voleva neppure presentarsi a Dio per ricevere la parola di approvazione che si dà al servo volonteroso: non voleva nulla da nessuno. Solo procedere dritto, solo, senza speranza. Eppure aveva paura di andare a letto e di spegnere il lume. Si mise a leggere le Epistole di San Paolo ai Corinti; ma le parole gli si ingrandivano davanti, o correvano lungo le linee come fuggissero. Perché sua madre piangeva così, dopo il giuramento di lui? Che poteva capire, lei? Sì, capiva; con la sua carne di madre capiva l'angoscia mortale del figlio, la rinunzia di lui alla vita.

D'un tratto arrossì, e sollevò il viso ascoltando il vento.

"Non occorreva giurare" disse a se stesso con un sorriso ambiguo. "Chi è veramente forte non giura. Chi giura, come ho giurato io, è anche pronto a rompere il giuramento, come sono pronto io."

E subito sentì che la lotta cominciava davvero: ed ebbe tale sgomento che si alzò e andò a guardarsi allo specchio.

“Ecco, sei qui, segnato da Dio: se tu non ti abbandoni a lui, lo spirito del male ti prenderà irreparabilmente.”

Allora andò barcollando verso il lettuccio, vi si buttò vestito e si mise a piangere. Piangeva piano, per non farsi sentire, per non sentire egli stesso il suo pianto; ma dentro di sé gemeva forte, gridava con tutto il suo cuore.

“Dio, Dio, prendetemi; portatemi via.”

E provava un vero sollievo perché gli pareva d'essersi abbandonato sopra una tavola di salvezza che lo trasportava attraverso il mare del suo dolore.

Cessata la crisi, riprese a ragionare.

Ecco che adesso tutto gli appariva chiaro, come un paesaggio dalla finestra sotto la luce del sole. Era prete, credeva in Dio, s'era sposato con la Chiesa, aveva giurato castità: era come un uomo ammogliato, insomma, che non deve tradire la moglie. Perché aveva amato e amava quella donna non sapeva precisamente. Era forse in una età di crisi fisica, verso i ventotto anni; la sua carne addormentata dalla lunga astinenza, o meglio chiusa ancora in una specie di prolungata adolescenza, s'era d'un tratto svegliata e tendeva a quella donna perché era la più affine a lui, anche lei non più giovanissima eppure ancora ignara e priva d'amore, chiusa nella sua casa come in un convento.

Così, in principio era stato un amore larvato di amicizia. Si erano presi in una rete di sorrisi, di sguardi: la stessa impossibilità di amarsi li avvicinava; nessuno sospettava di loro, e loro stessi s'incontravano senza turbamento, senza paura, senza desiderio: il desiderio però s'infiltrava a poco a poco nel loro amore casto come un'acqua silenziosa sotto un muro che d'un tratto poi marcisce e crolla.

Ma tutte queste cose le pensava lui. Scendendo bene nella sua coscienza trovava la verità: sentiva di aver desiderato la donna fin dal loro primo sguardo, fin dal primo sguardo si erano posseduti. Tutto il resto era inganno col quale egli tentava giustificarsi ai suoi propri occhi.

Ebbene, era così. Ed egli accettava la verità. Era così; ed era così perché la natura dell'uomo è questa: soffrire, amare, congiungersi, godere, soffrire ancora. Fare e ricevere il bene, fare e ricevere il male: questa è la vita dell'uomo. E tutto il suo pensare non gli toglieva un grammo dell'angoscia che gli pesava sul cuore; e adesso intendeva il vero senso di quest'angoscia: era il senso della morte, poiché rinunziando ad amare, a possedere quella donna, era rinunziare alla vita stessa.

Ma poi pensava: "Non è vanità anche questa? Passato l'attimo del piacere d'amore, lo spirito riprende padronanza di sé, ritorna, anzi si rifugia con più desiderio di solitudine nella prigione del corpo mortale che lo riveste. Perché dunque soffrire per questa solitudine? Non l'aveva accettata e vissuta per tanti anni? I più freschi della sua vita? Anche se potessi fuggire davvero con Agnese, e sposarla, resterei egualmente solo entro di me...".

Eppure il solo pronunziare il nome di lei, la sola idea della possibilità di vivere con lei, lo fecero balzare fremendo; ed ecco di nuovo sentì la donna lunga distesa accanto a lui: gli parve di stringerla, fresca e liscia come un giunco, le parlò sul collo tiepido, sui capelli sciolti che odoravano un po' caldi e un po' selvaggi come la chioma dello zafferano. E le disse, mordendo il guanciale, tutti i versetti del *Cantico dei Cantici*, e quando questi furono finiti le disse che sarebbe tornato a lei il giorno dopo, e che era felice di dar dolore a sua madre e a Dio, e di aver giurato, e d'essersi abbandonato al rimorso, alla superstizione, al terrore, per rompere tutto e tornare a lei.

Poi di nuovo riprese a ragionare.

Come il malato si contenta di conoscere almeno la diagnosi del suo male, egli si sarebbe contentato di sapere almeno perché gli accadeva tutto questo. Volle anche lui rifare tutta la strada della sua vita come la madre.

Il rumore del vento accompagnava i suoi ricordi più lontani e più vaghi. Si rivedeva in un cortile, dove, non sapeva; forse il cortile della casa dove serviva la madre; arrampicato al muro con altri bambini. Il muro era tempestato di pezzetti di vetro acuti come punte di pugnale: ciò non impediva ai ragazzi di affacciarvisi, anche se si tagliavano le mani; anzi provavano un certo gusto a ferirsi, e si mostravano il sangue l'uno con l'altro, poi se lo asciugavano sotto l'ascella, immaginandosi che così nessuno si accorgerebbe delle loro ferite. Dal muro essi vedevano solo la strada, nella quale erano liberi di andare: ma amavano arrampicarsi sul muro perché ciò era proibito; e si divertivano a buttare sassi sulle poche persone che passavano, nascondendosi poi, fra il gusto della prodezza commessa e la paura di venire scoperti. Una ragazzina storpia e sordomuta sedeva ai piedi della legnaia, in fondo al cortile; e di laggiù li guardava con due grandi occhi scuri, supplichevoli e severi: i ragazzi avevano paura di lei, ma non osavano molestarla, anzi abbassavano la voce come s'ella avesse potuto sentirli, e a volte la invitavano a giocare con loro. Allora la bambina rideva, con una gioia quasi folle, ma non si moveva dal suo cantuccio.

Egli rivedeva ancora quei due occhi profondi, già pieni di una luce di dolore e di voluttà; li rivedeva in fondo alla sua memoria come in fondo al cortile misterioso: e gli pareva che rassomigliassero a quelli di Agnese.

Poi egli si rivedeva nella medesima strada ove buttava i sassi ai passanti, ma più giù, allo svolto verso un vicolo umido, chiuso in fondo da un gruppo di stamberghe nere.

Egli abitava fra la strada e il vicolo, in una casa di gente per bene, tutte donne grasse e serie che chiudevano porte e finestre sul far della sera e ricevevano solo altre donne e preti coi quali scherzavano, anche, ma ridendo appena a fior di labbro con compostezza.

Era stato appunto uno di questi preti che un giorno, dopo averlo preso per gli omeri, stringendolo forte fra le gambe ossute e sollevandogli vigorosamente con la mano il viso timido vergognoso, gli aveva chiesto: – È vero che vuoi farti prete?

Egli accennò di sì con la testa: e dopo aver ricevuto un'immagine sacra e un dolce schiacciato, era rimasto lì in un angolo ad ascoltare i discorsi delle donne e dei preti; parlavano del parroco di Aar, raccontando che andava a caccia e fumava la pipa e si lasciava crescere la barba: tuttavia il vescovo non voleva interdirlo perché difficilmente un altro prete avrebbe acconsentito ad andare nel paesotto sperduto. D'altronde lo spregiudicato parroco minacciava di legare e di buttare nel torrente chiunque osasse togliergli il posto.

– Il peggio è che quei semplici di Aar gli vogliono bene ed hanno anche paura di lui e dei suoi sortilegi. Alcuni lo credono l'Anticristo. Le donne dicono che lo aiuteranno a legare e buttare nel fiume il successore.

– Hai sentito, Paulo? Se ti fai prete e vuoi andare nel paese di tua madre, preparati a bere.

Era una donna che scherzava, Marielena, quella che aveva cura di lui e quando lo pettinava lo attirava a sé e col suo ventre caldo e il suo petto molle gli dava l'impressione di un cuscino ovattato. Egli voleva molto bene a questa Marielena; nonostante il corpo dovizioso ella aveva un viso fine, con le guance venate di rosa e gli occhi castani d'una dolcezza languida; egli la guardava di sotto in su, come si guarda il frutto maturo sulla pianta: forse ella era stata il suo primo amore.

Poi cominciarono i giorni del Seminario. Al Seminario lo aveva condotto la madre, una mattina di ottobre, azzurra, odorosa di mosto. Ecco la strada in salita, e in alto l'arco che unisce il Seminario alla casa del vescovo, incurvato come una grande cornice sul quadro del chiaro paesaggio di casette, d'alberi, di scalini di granito, con la torre della cattedrale in fondo. L'erba rinasceva sul selciato, davanti alla casa del vescovo: passavano uomini a cavallo, e i cavalli avevano le gambe lunghe, i garetti pelosi, i ferri lucidi. Egli notava queste cose perché guardava per terra, un po' vergognoso di sé, un po' vergognoso della madre. Sì, perché non dirlo una buona volta? S'era un po' vergognato di sua madre, perché serva, perché di quel paesetto di semplici. Solo più tardi, molto più tardi, aveva vinto questo suo istinto ignobile a furia di volontà e di orgoglio, e più s'era irragionevolmente vergognato della sua origine, più se n'era poi gloriato, di fronte a se stesso e di fronte a Dio, scegliendo per soggiorno il miserabile paesetto, e sottoponendosi a sua madre, rispettandone i voleri più umili e le abitudini più meschine.

Ma al ricordo di sua madre serva, anzi meno che serva, sguattera nella cucina del Seminario, si riallacciavano i ricordi più umilianti della sua adolescenza. Eppure ella serviva per lui. Nei giorni di confessione e comunione, i superiori lo costringevano ad andare a baciarle la mano per chiederle perdono delle mancanze commesse. Quella mano ch'ella si asciugava rapida con lo strofinaccio odorava di lisciva ed era tutta screpolata come un muro vecchio; egli provava vergogna e rabbia nel baciarla, ma domandava perdono a Dio di non poter chiedere perdono a lei.

Dio anzi gli si era rivelato così, come nascosto dietro sua madre nella cucina umida e fumosa del Seminario; Dio che sta in ogni luogo, in cielo e in terra e in tutte le cose.

Nelle ore di esaltazione, quando con gli occhi spalancati nel buio, nella sua cameretta, pensava meravigliato "Io sarò prete; io potrò consacrare l'ostia e farla Dio", pensava anche alla madre, e, da lontano, non vedendola, l'amava, riconosceva che a lei risaliva la grandezza sua stessa, a lei che invece di mandarlo a pascolar le capre o a trasportar sacchi di frumento al molino, come i suoi maggiori, ne faceva un sacerdote, uno che poteva consacrare l'ostia e mutarla in Dio.

Così egli concepiva la sua missione. Non aveva conosciuto nulla del mondo: le cerimonie delle grandi feste religiose erano i suoi ricordi più coloriti, più sensuali. Ancora gli destavano, ricordandole attraverso il lamento ininterrotto della sua angoscia presente, un senso di gioia, di luce: gli stavano ancora davanti come grandi quadri viventi; ed ecco che la musica dell'organo nella cattedrale e il senso di mistero delle cerimonie della settimana santa si fondevano appunto col suo dolore presente, con l'angoscia di vita e di morte che lo premeva tutto al suo letto come Cristo al sepolcro; Cristo morto che deve resuscitare ma le cui carni sanguinano ancora e la bocca è bruciata d'aceto.

Durante uno di quei periodi di turbamento mistico, aveva conosciuta la prima volta la donna. Ancora adesso a pensarci gli sembrava un sogno, né brutto né bello, solamente strano.

Tutte le feste andava a visitare le donne presso le quali era stato da ragazzo: esse lo ricevevano come fosse già un sacerdote, famigliari ed anche allegre, ma sempre dignitose; ed egli arrossiva guardando Marielena; arrossiva con un po' di dispetto contro se stesso perché sebbene la donna gli piacesse ancora, gli appariva nel suo crudo realismo, grassa, molle, deforme. Eppure la presenza di lei, i suoi occhi dolci, lo eccitavano.

Spesso lei e le sorelle lo invitavano a pranzo, nei giorni di festa. Una volta, la domenica delle Palme, mentre esse apparecchiavano e aspettavano altri invitati, egli, arrivato presto, uscì nel loro orticello e si mise a camminare lungo la muriccia di cinta, sotto gli alberelli coperti di foglioline d'oro.

Il cielo era d'un azzurro latteo, l'aria calda e molle per il vento di levante: in lontananza si sentiva già il canto del cuculo.

D'un tratto, mentre si sollevava sulla punta dei piedi per staccare infantilmente una perla di resina da un mandorlo, vide nel vicolo di là della muriccia due occhi verdognoli dalla pupilla lunga che lo fissavano. Sembravano gli occhi di un gatto; e tutta la persona della donna, vestita di grigio, seduta aggomitolata sullo scalino di una porticina nera in fondo al vicolo, aveva qualche cosa di felino.

La rivedeva ancora, nitidamente, davanti a sé: gli sembrava di avere ancora tra il pollice e l'indice la goccia molle della resina, mentre i suoi occhi affascinati non potevano staccarsi da quelli di lei. E sopra la porticina rivedeva una piccola finestra circondata di una striscia bianca, con una piccola croce sopra. Egli conosceva bene, fin da ragazzo, quella porticina e quella finestra: e quella croce contro le tentazioni lo divertiva, perché la donna che abitava la casupola, Maria Paska, era una donna perduta. Eccola lì ancora davanti a lui, col suo fazzoletto frangiato, aperto sul collo bianco, fin dove scendono come due lunghe gocce di sangue i pendenti di corallo. Coi gomiti sulle ginocchia e il viso pallido e fino fra le mani, Maria Paska non cessa di guardarlo, e finalmente gli sorride, senza muoversi: i denti bianchi, serrati, gli occhi lievemente crudeli, accentuano l'espressione felina del suo viso. D'un tratto però ella si lascia cader le mani sul grembo, solleva la testa e prende un'espressione grave e triste. Un uomo grosso, con la berretta tirata da un lato perché gli nasconda il viso, s'avanza cauto nel vicolo, lungo il muro verso il quale si volge.

Maria Paska s'alza subito e rientra in casa: l'uomo entra dopo di lei e chiude la porta.

Paulo non dimenticò mai il turbamento terribile che lo aveva assalito mentre continuava a passeggiare nell'orticello delle donne pensando a quei due chiusi nella stamberga del vicolo: era una tristezza torbida, un malessere che gli faceva desiderare di trovarsi solo, di nascondersi come un animale malato; e che durante il pranzo lo rese più taciturno del solito, in mezzo agli altri invitati lietamente sereni. Subito dopo il pranzo ritornò nell'orticello: la donna era lì, al suo posto di attesa, nella stessa posizione di prima. Il sole non arrivava mai fino all'angolo umido della sua porticina; e pareva che ella si conservasse così bianca e fina per l'ombra che la circondava.

Nel rivedere il seminarista non si mosse, ma tornò a sorridergli, poi si fece grave come quando era arrivato l'uomo grosso; e gli chiese a voce alta, parlandogli come ad un ragazzo: – Di', vieni a benedire la mia casa, sabato? L'anno scorso il prete che passava per benedire le case non volle entrare nella mia; ch'egli possa andare nell'inferno con la sua bisaccia e quello che c'è dentro.

Egli non rispose. Ebbe voglia di buttarle una pietra, anzi prese davvero la pietra dalla muriccia, poi la rimise e si pulì la mano col fazzoletto; ma durante tutta quella settimana santa, mentre ascoltava la messa, mentre assisteva alle cerimonie sacre, mentre col cero in mano faceva corteo al vescovo con gli altri seminaristi, gli occhi della donna gli stavano davanti, lo ossessionavano. Aveva desiderio di esorcizzarla come una indemoniata, e nello stesso tempo sentiva che lo spirito del male era invece dentro di lui. Nell'assistere alla lavanda dei piedi, mentre il vescovo si curvava davanti a dodici mendicanti che parevano davvero dodici apostoli, s'intenerì pensando che il prete non aveva voluto, il sabato santo dell'anno scorso, benedire la casa della donna perduta. E Cristo aveva perdonato a Maria Maddalena. Forse se il prete benediva la casa della donna perduta, essa si emendava. Questo pensiero cominciò a invaderlo, a sommergere tutti gli altri suoi pensieri: esaminandolo bene, adesso, a distanza, s'accorgeva ch'era stato un inganno del suo istinto; in quel tempo egli non aveva ancora coscienza di se stesso; forse però anche conoscendosi sarebbe egualmente andato il sabato santo nel vicolo della donna perduta.

Dallo svolto del vicolo vide che Maria Paska non stava seduta sulla soglia; ma la porticina era aperta, segno che nessun visitatore era dentro. Senza volerlo, egli imitò allora l'uomo grosso, avanzandosi cauto col viso rivolto verso il muro. Gli dispiaceva che ella non fosse lì, in agguato, e nel vederlo non si alzasse d'un tratto divenuta grave e triste. Arrivato in fondo al vicolo la vide che attingeva acqua dal pozzo a fianco della casetta; e sentì un colpo al cuore: gli parve davvero Maria Maddalena. E come Maria Maddalena ella volse il viso, mentre traeva la secchia, e arrossì; mai più in vita sua egli vide una donna più bella. Desiderò fuggire; ma aveva soggezione di lei. Ella rientrò in casa con la brocca dell'acqua in mano, e gli disse qualche cosa ch'egli non sentì: e fu lei a chiudere la porta, appena lui fu dentro. Salirono la scaletta di legno che per mezzo d'una botola conduceva alla stanza di sopra, quella del finestrino con la croce contro le tentazioni.

Arrivata la prima, ella si chinò sulla botola, sorridendogli dall'alto, tirandolo su col suo sguardo; e quando anche lui fu nella stanzetta, gli si accostò, quasi volesse misurarsi con lui: con un colpo della mano gli fece saltare dalla testa il berretto, poi cominciò lei, come fosse l'uomo e lui la donna, a sbottonargli la sottana, toccandone i bottoncini rossi con un gusto infantile, così come egli aveva spiccato il grano della resina dal mandorlo fiorito.

Era tornato altre volte da lei; ma dopo ricevuti gli ordini e pronunziato il voto di castità non aveva più avvicinato donne. I suoi sensi s'erano come irrigiditi nella corazza gelida del suo voto: quando sentiva raccontare storie scandalose di altri preti provava orgoglio a sentirsi puro, e ricordava la sua avventura con la donna del vicolo come una malattia di cui era completamente guarito.

Gli sembrava, nei primi anni passati nel paesetto, di aver già vissuto tutta la sua vita; di aver conosciuto tutto, la miseria, l'umiliazione, l'amore, il piacere, il peccato, l'espiazione: di essersi ritirato dal mondo come i vecchi eremiti, e di aspettare solo il regno di Dio.

Ed ecco d'un tratto la vita terrena gli era riapparsa negli occhi di una donna: ed egli in principio s'era talmente ingannato da scambiarla con la vita eterna.

Amare, essere amato; non era questo il regno di Dio sulla terra? E il suo petto si gonfiava ancora al ricordo. Perché tutto questo, o Signore? Perché tanta cecità? Dove cercare la luce? Era ignorante, e sapeva di esserlo. La sua coltura era fatta di frammenti di libri dei quali non intendeva intero lo spirito: la Bibbia soprattutto lo aveva plasmato col suo romanticismo e il suo verismo d'altri tempi; quindi non si fidava neppure di se stesso, delle sue ricerche interiori: sapeva di non conoscersi, di non essere padrone di se stesso; d'ingannarsi, d'ingannarsi sempre.

Gli avevano fatto sbagliare strada. Era l'uomo degli istinti, lui, come i suoi padri mugnai o pastori; e poiché non poteva abbandonarsi all'istinto soffriva. Ecco che ritornava alla prima diagnosi del suo male, alla più semplice e giusta: soffriva perché era uomo, perché aveva bisogno della donna, del piacere, di generare altri esseri; soffriva perché lo scopo naturale della vita è di proseguire la vita, e a lui lo impedivano, e questo impedimento aumentava lo stimolo del suo bisogno.

Ma poi ricordava che il piacere gli lasciava, dopo goduto, disgusto e angoscia. Che era dunque? No, non era la carne che chiedeva di vivere, bensì l'anima che si sentiva chiusa nella carne e voleva liberarsi dalla sua prigione; nei momenti dell'ebbrezza suprema di amore era l'anima che fuggiva in un rapido volo, per ricadere tosto nella sua gabbia, ma le bastava quell'attimo di liberazione per intravedere il luogo dove sarebbe volata alla fine della sua prigionia, quando la muraglia della carne crollerebbe per sempre: luogo di gioia infinita, l'infinito.

Infine sorrise, triste e stanco: dove aveva letto tutte queste cose? Certo, le aveva lette: non pretendeva di pensare cose nuove. Che importa? La verità è sempre stata la stessa, eguale entro tutti gli uomini come è eguale il loro cuore.

Egli si era creduto diverso dagli altri uomini, in esilio volontario, degno di star vicino a Dio. Dio forse lo castigava per questo; lo rimandava fra gli uomini, nella comunità della passione e del dolore.

Bisognava sollevarsi e camminare.

Qualcuno infatti picchiò all'uscio.

Egli trasalì come svegliato di soprassalto, e si gettò subito giù dal letto con l'impressione di uno che deve partire e teme di far tardi. Appena alzato però si mise a sedere affranto; sentiva tutte le membra rotte; gli pareva lo avessero bastonato durante il sonno. Piegato, col mento sul petto, mosse lievemente la testa accennando di sì, di sì. Sì, la madre non s'era dimenticata di chiamarlo presto, com'egli le aveva raccomandato il giorno avanti. Sì, la madre procedeva per la sua via diritta: non ricordava nulla delle cose della notte scorsa e lo chiamava come se tutto fosse eguale alle altre mattine.

Era eguale, sì. Ed egli tornò a sollevarsi e cominciò a vestirsi: e a poco a poco si irrigidiva, si drizzava, entro la sua veste dura di guerriero.

Spalancò la finestra, sbattendo le palpebre contro la luce viva del cielo argenteo. I rovi del ciglione tremolavano tutti pieni di scintille e di canti di uccelli; il vento era cessato, e nell'aria pura vibravano i rintocchi della campana.

Quei rintocchi lo chiamavano: egli non vedeva più nulla delle cose esterne, sebbene cercasse di sfuggire alle sue cose interne; l'odore della sua camera gli dava un turbamento fisico; i ricordi lo pungevano tutto. Quei rintocchi lo chiamavano, ma egli non si decideva a lasciare la sua camera, e vi si aggirava quasi rabbiosamente: si avvicinò e tosto si allontanò dallo specchio; aveva un bel fuggire: l'immagine della donna gli stava dentro come la sua nello specchio; egli poteva rompersi in mille pezzi, ogni pezzo l'avrebbe conservata intera.

Il secondo tocco della messa insisteva, sollecitandolo; egli andava qua e là cercando qualche cosa che non trovava. Finalmente sedette davanti al tavolino e cominciò a scrivere.

Dapprima copiò i versetti della porta stretta «Entrate per la porta stretta, ecc...», poi li cancellò e sul rovescio del foglietto scrisse: «La prego di non aspettarmi più. Noi ci siamo avvolti scambievolmente in una rete d'inganni: bisogna tagliare subito per liberarsi, per non cadere a fondo. Io non verrò più: mi dimentichi, non mi scriva, non cerchi di vedermi più».

Scese e chiamò la madre nel corridoio d'ingresso: le porse la lettera, senza guardarla.

– Portatela subito, – disse con voce rauca – procurate di consegnarla a lei, e venite via subito.

Si sentì portar via dalle mani la lettera e corse fuori, di nuovo momentaneamente sollevato.

La campana suonava già il terzo tocco, sopra il paesetto silenzioso, sopra le valli ancora grigie del grigio argenteo dell'alba.

Figure di vecchi paesani, col bastone di radica appeso al polso con una correggia, e di donne dalla testa quadrata grossa sul corpo piccolo, venivano su dalla strada in pendio e pareva salissero dalla profondità della valle.

Quando tutti furono dentro la chiesetta, e i vecchi presero posto sotto la balaustrata dell'altare, un odore di selvatico si sparse intorno.

Antioco, però, il sagrista adolescente, che assisteva la messa, agitava il turibolo mandando il fumo verso i vecchi per allontanarne la puzza. A poco a poco una nuvola d'incenso divise l'altare dal resto della chiesetta, e il sagrista bruno nel suo camice bianco, e il prete pallido nei suoi paramenti di broccato rossastro vi si mossero in mezzo come in una nebbia perlata.

A tutti e due piaceva molto il fumo e l'odore dell'incenso, e ne facevano un grande uso. Volgendosi verso la navata, il prete chiudeva gli occhi come non vedesse bene attraverso quella nebbia: indi aggrottava la fronte. Pareva scontento dello scarso numero dei fedeli, e che ne aspettasse altri. Qualche ritardatario infatti arrivava: arrivò in ultimo anche la madre, ed egli si fece pallido fin sulle labbra.

La lettera era dunque consegnata, il sacrifizio compiuto: un sudore di morte gli inumidiva le tempie; e quando consacrò l'ostia gemette tra sé: – Dio mio, vi offro la mia carne, vi offro il mio sangue.

E gli parve di veder la donna, anche lei col foglietto in mano come un'ostia consacrata: leggeva e cadeva a terra tramortita.

Finita la messa s'inginocchiò stanco, recitando con voce monotona una preghiera in latino; i fedeli rispondevano, ed egli provava un'impressione di sogno, un desiderio di buttarsi giù bocconi ai piedi dell'altare e dormire come un pastore sulla nuda roccia.

Vedeva tra il fumo dell'incenso, dietro il vetro della nicchia, la piccola Madonna che il popolo credeva miracolosa, nera e fine come un cammeo entro un medaglione: e la guardava, con l'impressione di rivederla solo allora, dopo lungo tempo, dopo una lunga assenza. Dove era stato, in tutto quel tempo? Non ricordava bene, aveva la mente confusa: ma d'un tratto si scosse, s'alzò, si volse, e, cosa del resto non nuova ma non troppo frequente, si mise a parlare ai fedeli. Parlava in dialetto, con voce aspra, come sgridasse i vecchi paesani che sporgevano il viso barbuto fra gl'intercolunni della balaustrata per ascoltare meglio, e le donne che stavano accovacciate per terra tra curiose e paurose. Il sagrista, col libro sul braccio, lo guardava coi lunghi occhi bistrati, poi guardava i fedeli e scuoteva la testa come per minacciarli scherzosamente.

– Sì, – diceva il prete – il vostro numero è sempre più scarso; se io mi volgo ho quasi vergogna a guardare: mi sembra d'essere un pastore che ha perduto le sue pecore. Solo la domenica la chiesa è un poco più piena, ma si direbbe che venite più per scrupolo che per credenza; per abitudine e non per bisogno; come vi mutate d'abito, come vi riposate. Ebbene, è tempo di svegliarsi: è tempo di svegliarsi tutti. Non dico che vengano qui, tutte le mattine, le madri di famiglia, e gli uomini che avanti l'alba devono andare al lavoro; ma le giovani donne, i vecchi, i fanciulli, tutti quelli che io adesso uscendo di chiesa vedrò sulle soglie delle loro porte a salutare il sole nascente, tutti devono venire qui a cominciare la giornata con Dio, a salutare Dio nella sua casa, e prendere forza per il tratto di strada da percorrere. Se così farete, sparirà la miseria che vi rode, e i mali costumi spariranno, e la tentazione sarà lontana da voi. È tempo di svegliarsi presto la mattina, e di lavarsi e mutarsi di abito ogni giorno, non la domenica solamente. Vi aspetto dunque tutti, cominciando da domani: pregheremo assieme perché Dio non abbandoni noi e il nostro piccolo paese come non abbandona il più piccolo dei nidi; e per quelli che sono malati e non possono venire pregheremo perché guariscano e camminino.

Si volse di botto e il sagrista lo imitò. Per qualche momento nella chiesetta regnò un silenzio così intenso che si sentiva il picchiare del tagliapietra dietro il ciglione. Poi una donna si alzò, e avvicinatasi alla madre del prete le mise una mano sull'omero, chinandosi a dirle sottovoce: – Bisogna che figlio vostro venga subito a confessare il Re Nicodemo, gravemente malato.

La madre sollevò gli occhi uscendo dalla sua pena. Ricordò che il Re Nicodemo era un vecchio cacciatore stravagante, il quale viveva in una capanna sull'altipiano; e domandò se occorreva che il suo Paulo si recasse lassù per confessarlo.

– No, – mormorò la donna – i parenti lo hanno portato giù in paese.

La madre allora andò ad avvertire il suo Paulo, nella piccola sagrestia dov'egli finiva di spogliarsi aiutato da Antioco.

– Tu verrai prima a casa, a prendere il caffè?

Egli evitava di guardarla: non le rispose neppure e parve darsi un gran da fare per affrettarsi e correre dal vecchio malato.

Madre e figlio pensavano alla stessa cosa: alla lettera consegnata ad Agnese; ma né l'una né l'altro ne parlavano. Poi egli andò via di corsa, ed ella, ferma come una statua di legno, disse al sagrista affaccendato a riporre i paramenti sacri entro l'armadio nero: – Era meglio che non gli dicevo niente finché non veniva a casa a prendere il caffè.

Ma Antioco sporse il viso dallo sportello dell'armadio e disse gravemente: – Un prete deve abituarsi a tutto.

E riprendendo la sua faccenda dentro l'armadio aggiunse come fra sé: – Forse egli è arrabbiato con me perché dice che sono stato distratto; invece non è vero; vi assicuro che non è vero. Solo guardavo i vecchi e mi veniva voglia di ridere: perché la predica non la capivano certo. Aprivano la bocca, ma non capivano niente. Scommetto che il vecchio Marco Panizza crede davvero che deve lavarsi la faccia tutti i giorni, lui che si lava solo a Pasqua ed a Natale. E, vedrete, vedrete che d'ora in avanti tutti verranno ogni giorno in chiesa perché egli disse che con questo sparirà la miseria.

Ella rimaneva ferma, con le mani sotto il grembiale.

– La miseria dell'anima – disse, per far vedere che lei almeno aveva capito; tuttavia Antioco la guardò come aveva guardato i vecchi: con una gran voglia di ridere. Poiché era certo che nessuno poteva capire queste cose come le capiva lui che già sapeva a memoria i quattro Evangeli e voleva farsi prete: cosa che non gl'impediva di essere malizioso e curioso come gli altri ragazzi.

Appena ebbe rimesso tutto in ordine, andata via la madre del prete, chiuse la sagrestia e attraversò il piccolo orto della chiesa invaso dai rosmarini e solitario come un angolo di cimitero; ma invece di tornare a casa, dalla madre che aveva un'osteria lì nell'angolo della piazza, corse nella parrocchia per sapere qualche cosa del Re Nicodemo; ed anche per un'altra ragione.

– Vostro figlio mi ha sgridato perché stavo disattento – ripeté inquieto, mentre la madre del prete si affaccendava a preparare la colazione per il suo Paulo. – Forse non mi vorrà più per sagrista; forse vorrà Ilario Panizza: ma Ilario non sa neppure leggere, mentre io ho imparato così bene a leggere anche il latino. E poi Ilario è così sporco. Che ne dite? Mi manderà via?

– Egli ti vuole attento, null'altro; non si deve ridere, in chiesa – ella rispose, dura e grave.

– Egli era molto arrabbiato. Forse stanotte non ha dormito, per il vento. Avete sentito che vento?

La donna non rispose. Andò nella stanzetta da pranzo e mise sulla mensa tanto pane e tanti biscotti da bastare per i dodici apostoli: forse il suo Paulo non avrebbe toccato nulla, ma il muoversi, il preparare per lui come se dovesse rientrare allegro e affamato come un pastore del monte, acquietavano un po' la sua pena e forse anche la sua coscienza.

Questa però ogni tanto si agitava con più angoscia: le stesse osservazioni del ragazzo «Egli forse stanotte non ha dormito e perciò è così in collera», aumentavano la sua inquietudine.

E andava e veniva, e i suoi passi pesanti risonavano nelle stanzette silenziose; sentiva d'istinto che apparentemente *tutto era finito*, ma in verità tutto cominciava allora. Aveva inteso bene le parole di lui dall'altare: che bisognava svegliarsi presto, lavarsi e camminare. Camminare, camminare. Ed ella andava e veniva, su e giù, su e giù, dandosi l'illusione di camminare davvero. Rimise in ordine la camera di lui; ma lo specchio e gli odori, pure attraverso la convinzione che tutto oramai era finito, continuavano a irritarla e inquietarla.

La figura del suo Paulo, pallida e rigida come quella di un cadavere, le appariva dentro lo specchio maledetto, e appesa al muro con la sottana, e stesa senza respiro sul letto.

E qualche cosa le pesava sul cuore, come se anche dentro di lei un suo viscere si fosse paralizzato e le impedisse di respirare bene.

Mentre mutava la federa del guanciale, levandone quella che il suo Paulo aveva bagnata d'un sudore d'angoscia, pensò, per la prima volta in vita sua: "Ma perché i preti non possono sposarsi?".

E pensò che Agnese era ricca, che aveva una casa grande, e orti e poderi.

Subito le parve di peccare orrendamente, facendo questi pensieri: e andò a riporre la federa, tornò indietro, ripassò nella sua camera.

Camminare, camminare. Camminava dall'alba e non era che al principio della via. Del resto si va, si va, e si ritorna sempre allo stesso punto. Tornò giù e sedette davanti al camino, accanto ad Antioco che, lui almeno, non si moveva, deciso di aspettare anche tutta la giornata pur di rivedere il suo superiore e far la pace con lui.

Immobile, con le gambe accavalcate e le mani intrecciate intorno alle ginocchia, disse, non senza un lieve accento di rimprovero: – Dovevate portargli il caffè in chiesa, come quando s'indugia a confessare le donne. Così avrà anche fame!

– E chi sapeva che lo chiamavano d'urgenza? Pare che il vecchio sia moribondo.

– Ma non deve esser vero. Sono i nipoti che desiderano la sua morte perché egli possiede dei denari. Io lo conosco, il vecchio: l'ho veduto una volta che sono andato con mio padre sull'altipiano. Stava seduto al sole, tra le pietre, fra un cane e un'aquila addomesticata, e tante bestie morte. Dio non comanda così.

– Che cosa comanda, dunque?

– Dio comanda di vivere fra gli uomini, di lavorare la terra, di non nascondere i denari, ma darli ai poveri.

Parlava come un omino, il piccolo sagrista; e la madre del prete s'intenerì.

Dopo tutto, se Antioco parlava così bene e assennato, era per gl'insegnamenti del suo Paulo. Era il suo Paulo che insegnava a tutti la bontà, la saviezza, la prudenza: e quando voleva riusciva a convincere persino i vecchi, che hanno le loro idee già fatte, e i fanciulli spensierati.

Sospirò, piegandosi a riavvicinare la caffettiera alla brace.

– Tu parli come un piccolo santo, Antioco mio: vedremo se da grande farai così; se darai i tuoi denari ai poveri.

– Sì, io darò tutto ai poveri. Io avrò molti denari, perché mia madre ne guadagna parecchi, con la sua osteria, e mio padre è guardaboschi e guadagna anche lui. Tutto quello che avrò lo darò ai poveri: Dio vuole così e poi provvede lui a noi. E la Bibbia dice: i corvi non seminano e non mietono, eppure Dio li nutrisce; e il giglio delle valli è vestito più bene del Re.

– Sì, Antioco; ma quando si è soli. E quando si hanno dei figli?

– Lo stesso. E poi io non avrò figli. I preti non devono averne.

Ella si volse a guardarlo: lo vedeva di profilo, sullo sfondo della porta aperta del cortile; un profilo scuro, puro, fermo, come di bronzo: le lunghe ciglia gli coprivano gli occhi dalle grandi pupille. Non seppe perché ella ebbe voglia di piangere.

– Tu sei certo che ti farai prete?

– Se Dio vuole, sì.

– I preti non possono prendere moglie. E se tu vorrai prenderla?

– Io non voglio prenderla, perché Dio non vuole.

– Dio? È il papa che non vuole – disse la madre, un poco stizzita.

– Il papa è il rappresentante di Dio sulla terra.

– Ma negli antichi tempi, come anche adesso i preti protestanti, i sacerdoti avevano moglie e famiglia.

– È altra cosa – disse il ragazzo accalorandosi. – *Noi* non dobbiamo averla.

– I preti antichi... – insisteva la donna.

Ma il sagrista era colto.

– I preti antichi, va bene; ma poi loro stessi fecero una riunione e deliberarono di no: e quelli che non l'avevano, i più giovani, furono quelli che dissero più di no. Così dev'essere.

– I più giovani! – disse come fra sé la madre. – Ma perché non sanno. Poi si possono pentire. Possono anche traviarsi – aggiunse sottovoce. – Possono discutere come l'antico parroco.

Un brivido l'assalì. Si guardò rapidamente intorno, come per assicurarsi che il fantasma non c'era; e subito si pentì di averlo evocato. No, ella non voleva neppure ricordarlo, e tanto meno a proposito di *quella cosa*. Non era tutto finito?

D'altronde il viso d'Antioco esprimeva un profondo disprezzo.

– Quello non era un prete. Era il fratello del diavolo, venuto in terra. Dio ce ne liberi. Non bisogna neppure ricordarlo.

E si fece il segno della croce. Poi disse, di nuovo sereno: – Macché pentirsi! *Egli*, forse, vostro figlio, pensa di pentirsi?

Ella soffriva, nel sentirlo parlare così. Avrebbe voluto dirgli qualche cosa della sua pena, metterlo in guardia per l'avvenire; e nello stesso tempo provava quasi gioia per le parole di lui: sembrava che la coscienza dell'innocente parlasse alla sua per approvarla e incoraggiarla.

– Lui, il mio Paulo, dice che va bene così? – domandò sottovoce.

– Se non lo dice lui, chi volete che lo dica? Lo dice, sì: non lo dice anche a voi? Bella cosa un prete con la moglie e il figlio in braccio! Lui che deve andare a celebrare la messa, e deve prendere il figlio in braccio perché piange! Roba da ridere. Figlio vostro con un bambino in braccio e l'altro che gli tira la sottana!

La madre sorrise; eppure una visione rapida di bei bambini sparsi per la casa la turbò. Antioco rideva, con gli occhi e i denti scintillanti nel viso bruno: ma c'era qualche cosa di crudele nel suo riso.

– La moglie del prete sarebbe buffa, poi! Andando a spasso con lui parrebbero, di dietro, due donne assieme. E andrebbe a confessarsi con lui, in un paese dove non c'è altro prete?

– E la madre, allora? Con chi vado a confessarmi, io?

– La madre è altra cosa. E poi, chi ci sarebbe da dare a vostro figlio, per moglie? La nipote del Re Nicodemo?

Ricominciò a ridere perché la nipote del Re Nicodemo era la ragazza più disgraziata del paese, zoppa e idiota; ma si rifece serio quando la madre, spinta a parlare da una volontà che non era la sua, disse piano: – Oh, per questo ce ne sarebbe una: Agnese.

E Antioco mormorò con gelosia: – È brutta: non mi piace, e non piace neppure a lui...

Allora la donna cominciò a lodare Agnese, ma parlava piano, come paurosa che qualcuno, oltre il ragazzo, la sentisse; mentre Antioco, con le mani sempre intrecciate intorno al ginocchio, scuoteva la testa accennando di no, di no. Il labbro inferiore, lucente come una ciliegia, si sporgeva con disprezzo.

– No, no; non mi piace, volete sentirla? È brutta, è superba, è vecchia. E poi...

Un passo risonava nel corridoio: ammutolirono entrambi in attesa.

Egli sedette, deponendo il cappello sulla sedia accanto, davanti alla tavola apparecchiata: e mentre la madre gli versava il caffè, domandò con voce tranquilla: – La lettera l'avete portata?

Ella disse di sì, accennando verso la cucina per timore che il ragazzo sentisse.

– Chi c'è di là?

– Antioco.

– Antioco? – egli chiamò, e il ragazzo d'un balzo gli fu davanti, col berretto in mano, dritto in attenti come un piccolo soldato.

– Antioco, bisogna che vai in chiesa e prepari per portare, più tardi, l'estrema unzione al vecchio.

Il ragazzo non poteva rispondere, per la gioia. Dunque *egli* non era più in collera, non pensava a mandarlo via e sostituirlo con un altro?

– Aspetta: hai mangiato?

– Non ha voluto nulla; non vuole mai nulla – disse la madre.

– Siedi lì, – ordinò allora Paulo – dategli qualche cosa, mamma: e tu mangia.

Non era la prima volta che Antioco sedeva alla mensa del prete: obbedì dunque senza timidezza; ma il cuore gli batteva un poco: si accorgeva che qualche cosa era mutata a suo riguardo; che il prete gli parlava diverso del solito; non poteva dire perché né come, ma gli parlava diverso del solito.

Ed egli lo guardava nel viso, quasi lo vedesse la prima volta; con gioia ma anche con soggezione: soggezione e gioia e tutto un miscuglio di sentimenti nuovi, di gratitudine, di speranza, di orgoglio, gli riempivano il cuore come di un nido di uccellini tiepidi, pigolanti, pronti a volare.

– Poi alle due verrai per la lezione; è tempo di cominciare sul serio il latino: scriverò per una grammatica nuova, perché la mia è vecchia dell'altro secolo.

Antioco aveva smesso di mangiare: s'era fatto rosso e offriva i suoi servigi con entusiasmo senza domandarne il perché. Il prete lo guardava e sorrideva; d'un tratto però volse il viso verso il finestrino sul cui sfondo dorato tremolavano i cespugli del ciglione e parve pensare ad altro. E Antioco sentì ch'era di nuovo solo, di nuovo abbandonato. Con tristezza levò le briciole dalla tovaglia, ripiegò accuratamente la salvietta, e riportò le tazze in cucina: e voleva anche lavarle, e le avrebbe lavate bene perché era abituato a pulire i bicchieri nella bettola; ma la madre del prete non glielo permise.

– Va': va' in chiesa e prepara – gli disse sottovoce, spingendolo; ed egli uscì, ma prima di andare in chiesa fece una corsa da sua madre per avvertirla che pulisse bene la casa perché il prete voleva farle visita.

La madre del prete intanto era rientrata nella stanzetta da pranzo ove il suo Paulo s'indugiava a tavola con un giornale davanti.

Di solito egli, quando stava in casa, si ritirava nella sua camera; quella mattina invece aveva paura a rientrarvi: leggeva il giornale, ma pensava ad altro; pensava al vecchio cacciatore moribondo, il quale gli aveva confessato che fuggiva la compagnia degli uomini perché essi «sono il male stesso». E gli uomini per scherno lo chiamavano Re, come Cristo i Giudei.

Ma neppure la confessione del vecchio interessava Paulo: egli pensava piuttosto ad Antioco, e alla madre e al padre di Antioco, ai quali voleva chiedere se in loro coscienza sapevano quel che si facevano abbandonando il ragazzo alle sue fantasticherie, alla sua decisione incosciente di farsi prete; in fondo però sentiva che neppure questo gli premeva molto: quello che gli premeva era di sfuggire al suo vero pensiero; e quando vide la madre rientrare piegò la testa sembrandogli ch'ella sola indovinasse quel suo vero pensiero.

Piegò la testa ma disse a se stesso: no, no, no.

No, non voleva interrogarla oltre: la lettera era stata consegnata; che altro doveva sapere?

La pietra del sepolcro era al suo posto: ah, come gli pesava sulla nuca! Però, com'egli si sentiva vivo, sepolto sotto quella pietra!

La madre sparecchiava, rimettendo ogni cosa nell'armadio che serviva da credenza.

Nel silenzio si sentiva il pigolio degli uccelli sul ciglione, il picchio cadenzato del tagliapietre: pareva che il mondo finisse lì, che l'ultima stanza abitata da gente viva fosse quella piccola stanza bianca, coi suoi mobili nerastri, col pavimento di mattoni antichi sul quale la luce verde e dorata del finestrino alto spandeva come un tremulo riflesso d'acqua e dava all'ambiente la fisionomia d'una prigione in fondo a un castello solitario.

Egli aveva bevuto il suo caffè come gli altri giorni, e mangiato i suoi biscotti come gli altri giorni. Adesso leggeva le notizie del mondo lontano: sì, tutto era come negli altri giorni; ma la madre avrebbe preferito ch'egli salisse nella sua camera e vi si chiudesse; o, poiché stava lì, la interrogasse di nuovo a chi e come aveva consegnato la lettera. Andò fino all'uscio di cucina, con una tazza in mano; tornò presso la tavola, con la tazza in mano.

– Paulo, la lettera l'ho consegnata proprio a lei. Era già alzata. Era nell'orto.

– Va bene – egli disse, senza sollevare gli occhi dal giornale.

Ma ella non poteva andarsene, non poteva non parlare. Qualche cosa di più forte della sua volontà, della volontà stessa di lui, glielo imponeva. Inghiottì la saliva salata che le riempiva la bocca e guardò dentro la tazza, nel paesaggio giapponese annerito dal colore del caffè.

– Era nell'orto. Perché si alza presto. Io andai dritta da lei e le diedi la lettera. Nessuno vedeva. Lei prese la lettera e la guardò;

poi guardò me e non l'aprì. Io dissi: «Non c'è risposta». E stavo per andarmene; ma lei disse: «Aspettate». E aprì la lettera, come per farmi vedere che non era un segreto; e diventò bianca come il foglio; poi mi disse: «Andate con Dio».

– Basta, basta – egli impose, senza sollevare gli occhi; ma la madre vide le ciglia di lui sbattersi e il viso farsi bianco come s'era fatto quello di Agnese; per un momento credette ch'egli svenisse; poi lo vide arrossire, col sangue che dal cuore gli rifluiva tutto al viso, e anche lei si rianimò. Erano momenti terribili, che però bisognava affrontare e vincere. Aprì la bocca per dire qualche altra cosa, per mormorare almeno: «Vedi cos'hai fatto? Male a te e a lei», ma egli aveva sollevato il viso, scuotendo un po' la testa indietro per ricacciare giù il cattivo sangue della passione, e fissandola con gli occhi minacciosi diceva: – Adesso basta. Avete inteso che basta? Non voglio assolutamente più sentire parlare di questo: altrimenti farò quello che minacciavate di far voi ieri sera: me ne andrò.

Infatti s'alzò, bruscamente, e invece di risalire nella sua camera, uscì di nuovo. La madre andò in cucina, con la tazza che le tremava fra le mani: e depose la tazza, e s'appoggiò all'anta del forno, smarrita. Le pareva ch'egli se ne fosse andato via per sempre: anche se tornava non era più il suo Paulo, era un disgraziato preso dalla cattiva passione, uno che guardava con occhi minacciosi, come il ladro in agguato, chiunque osasse attraversargli la strada.

Ed egli infatti camminava come uno che era fuggito di casa, per non rientrare nella sua camera, poiché aveva l'impressione che Agnese vi si fosse introdotta di nascosto e lo attendesse, bianca in viso, con la lettera in mano: era fuggito di casa per fuggire se stesso; ma la passione lo portava via peggio che il vento della notte scorsa.

Attraversò il prato senza sapere perché, e gli sembrò di venir sbattuto contro il muro della casa e dell'orto di lei, e respinto dall'urto tornasse indietro, fino alla piazza, sul cui parapetto sedevano i vecchi e stavano affacciati i ragazzi e i mendicanti. Parlò con gli uni e gli altri, senza ascoltare la loro voce: poi scese la strada del paesetto, giù fino al sentiero dalla valle, senza veder nulla del paese, della strada e della valle. Tutto l'universo s'era capovolto, gli si era versato dentro, in un caos di pietre, di rottami, di rovine; ed egli vi si piegava sopra a guardare, come i ragazzini guardavano i burroni della valle dai macigni lungo il sentiero.

E ritornò su verso la chiesa. Le straducole del paesetto erano deserte; dai muriccioli dei cortili si sporgeva qualche pesco coi frutti maturi, e sul cielo chiaro di settembre passava una placida greggia di nuvolette bianche.

In qualche casa si sentiva il rumore del telaio, in qualche altra un pianto di bambino lattante.

La guardia campestre, incaricata anche del servizio urbano, unica autorità del luogo, vestita mezzo da cacciatore mezzo da funzionario, coi calzoni turchini filettati di rosso e una giacca di velluto stinto, perlustrava le strade col suo grosso cane al guinzaglio. Era un cane nero e rosso, con gli occhi iniettati di sangue: aveva del lupo e del leone, e tutti i paesani, i contadini della valle, i pastori e i cacciatori dell'altipiano, i ragazzi e i ladri, lo conoscevano e lo temevano. La guardia se lo portava appresso notte e giorno, anche perché aveva paura che glielo avvelenassero. Nel vedere il prete, il cane ringhiò, ma a un cenno del padrone ristette quieto, a testa bassa.

La guardia si fermò e salutò militarmente il prete; poi disse con solennità: – Questa mattina presto sono stato a vedere il malato. Ha la febbre a quaranta: polso cento e due. Secondo il mio debole parere, ha infiammazione ai reni. La nipote voleva che io gli somministrassi il chinino (la guardia aveva in consegna i medicinali e si permetteva di visitare i malati, oltre che per dovere di ufficio, per darsi l'illusione di sostituire il medico, il quale saliva al paesetto solo due volte la settimana). Ma io dissi: «Piano, donna; secondo il mio debole parere qui ci vuole la purga, non il chinino». La donna piangeva, senza lacrime, però; così Dio mi fulmini se giudico temerariamente. E voleva che andassi di galoppo a chiamare il dottore. «Il dottore viene domani mattina, domenica,» dissi io «e se ti preme tanto manda per conto tuo un uomo a chiamarlo. Il malato può pagarsi la visita del medico, per morire, dopo aver passato tutta la vita senza spendere». Ho parlato bene?

Attese, grave, l'approvazione del prete. Ma il prete guardava il cane, docile e mansueto per volontà del padrone, e pensava: "Poter condurre così al guinzaglio le nostre passioni!".

– Ah, sì, – disse distratto – si può aspettare fino a domani mattina la visita del dottore. Però il malato è grave.

– Ebbene, se è grave, – insisté la guardia con fermezza e non senza un tantino di sdegno per l'indifferenza del prete – si mandi un uomo a chiamare il medico. Il malato può pagare; non è nullatenente. Ma la nipote non ha obbedito neppure al mio ordine, non gli ha dato la purga che io stesso gli ho somministrato e preparato.

– Dovevamo prima somministrargli la santa comunione.

– Lei mi insegna che ad un infermo si può somministrare la santa comunione senza che sia digiuno.

– Ebbene, – disse il prete, perdendo la pazienza, – il vecchio non ha voluto la purga. Stringeva i denti, e li ha tutti forti ancora; e dava pugni come un sano.

– E allora la nipote, secondo il mio debole parere, non deve permettersi di ordinare a me, alla guardia urbana e campestre, come ad un suo servo qualunque, di andare a chiamare d'urgenza il dottore. Qui non si tratta di un ferimento, né di un fatto qualsiasi di dipendenza della medicina legale. La guardia ha ben altre cose a cui provvedere. Devo adesso andar giù fino al guado del fiume perché ho avuto denunzia che qualche benefattore ha messo della dinamite nell'acqua per ammazzare le trote. La riverisco.

Ripeté il saluto militare e s'avviò. Alla scossa, il cane, partecipando subito allo sdegno represso del padrone, si mosse scuotendo la coda feroce, e non ringhiò più, ma volse un poco la testa verso il prete guardandolo in viso coi suoi terribili occhi d'assassino.

Più su ecco Antioco affacciato al parapetto della piazza all'ombra tremula di un olmo: aspettava, dopo aver preparato ogni cosa per l'estrema unzione al vecchio; e nel vedere il prete corse, precedendolo nella sagrestia, col camice in mano.

In breve furono tutti e due pronti: il prete col camice, la stola, il vaso d'argento con olio santo; Antioco coperto fino ai piedi di una cappa rossa, con un ombrello di broccato a frange d'oro che teneva aperto badando che il sacerdote e il vaso d'argento rimanessero nell'ombra, mentre lui, nel sole, appariva più rosso per il contrasto con la figura bianca e nera del prete. Una serietà grave, quasi tragica, gl'irrigidiva il viso: gli pareva di essere lui il custode del tabernacolo, di aver avuto dal Signore la missione di proteggere il sacro vaso col crisma. Cosa che non gl'impedì di ridere silenziosamente, stringendo i denti, nel vedere che i vecchi, al passare del sacramento, si precipitavano giù goffamente dal parapetto e i ragazzi s'inginocchiavano con la faccia contro il muro invece che verso il prete. Questi ultimi però s'alzarono subito e fecero corteo al sacramento. Egli scuoteva il campanello davanti ad ogni porta per avvertire la gente che passava il Signore: i cani abbaiavano e il rumore dei telai cessava; le donne sporgevano la grossa testa dai finestrini e dalle logge di legno, e tutto il paesetto era scosso da un tremito di mistero.

Una donna che saliva dalla fontana con un'anfora d'acqua sul capo si fermò, depose l'anfora per terra e vi si inginocchiò accanto.

E il prete impallidì perché riconobbe una serva di Agnese: ecco, quella era l'acqua con la quale Agnese avrebbe lavato le sue lagrime. E gli parve che anche l'anfora umida stillante piangesse. Sentì uno sbigottimento tale che strinse forte fra le mani il vaso d'argento quasi per sostenervisi.

Il corteo dei ragazzi aumentava a misura che si avvicinavano alla casa del vecchio: eccola sull'orlo della strada, fra questa e la valle; è una casetta alta, di pietra schistosa, con un solo finestrino senza vetri: davanti le si stende un cortiletto sterrato, circondato di una muriccia.

La porta era spalancata, e il prete sapeva che il malato giaceva vestito su una stuoia nella stanza terrena. Entrò dunque, pregando, mentre Antioco chiudeva l'ombrello e scuoteva forte il campanello agitandolo verso i ragazzi per scacciarli come mosche: ma la stanza terrena era deserta, la stuoia vuota. Forse il malato aveva acconsentito a mettersi a letto, o vi era stato facilmente trasportato, agonizzante come era.

Il prete spinse l'uscio verso un'altra stanza interna, ma anche questa era vuota: si affacciò allora alla porta e vide la nipote del vecchio che scendeva la strada zoppicando, affannata, con una bottiglia in mano. Era stata dalla guardia campestre per farsi dare la medicina.

– Dov'è il malato? – le chiese il prete, mentr'ella entrava facendosi il segno della croce. Non vedendo il nonno sulla stuoia, spalancò gli occhi e diede un grido di spavento.

Fuori, i ragazzi che spiavano dalla muriccia saltarono fino alla porta, e poiché Antioco si opponeva alla loro invasione, cominciarono a dargli spintoni e a tirarlo per la cappa; ma appena il prete, dopo aver seguito la zoppa nelle stanze interne, riapparve sull'uscio, sempre col suo vaso d'argento in mano, tutti si ritrassero silenziosi.

– E non c'è! E dove sarà andato? – gridava la nipote del vecchio, correndo di qua e di là per la casa.

Allora un bambino, sbucato ultimo dalla siepe del sentiero, si fece avanti con le mani in tasca e disse tranquillo: – Cercate il Re? È andato giù.

– Giù, dove?

– Giù – ripeté il bambino accennando col naso verso la valle.

La nipote si precipitò giù per il sentiero, e i ragazzi dietro di lei; il prete accennò ad Antioco di riaprire l'ombrello e tutti e due, piano piano, gravi e silenziosi, mentre la gente usciva nella strada e la notizia della fuga del vecchio correva di bocca in bocca, tornarono su alla chiesa.

Paulo era di nuovo davanti alla mensa, nella quieta saletta da pranzo, servito dalla madre. Meno male, si aveva di che parlare: si parlava della fuga del Re Nicodemo. Antioco, deposto il vaso, il sacco e la cappa, era corso di nuovo giù a informarsi; la prima volta tornò con notizie strane; il vecchio era scomparso e si diceva che l'avessero portato via certi suoi parenti che volevano impossessarsi del suo tesoro. Qualche burlone scherzava: – Si dice che siano scesi giù il suo cane e la sua aquila e lo abbiano portato via loro.

– Al cane non ci credo, ma con l'aquila non c'è da ridere: quando ero bambino io, ricordo, portò via dal nostro cortile un montone pesante.

Ma poi Antioco tornò ancora con la notizia che il malato era stato raggiunto per strada mentre se ne tornava a morire sull'altipiano. La febbre dell'agonia lo spingeva: camminava come un sonnambulo, e, per non irritarlo e fargli male, i parenti lo avevano riaccompagnato nella sua capanna.

– Siediti lì e mangia – disse il prete al ragazzo.

E Antioco riprese posto alla mensa, non senza prima aver osservato che viso faceva la madre del prete.

La madre del prete gli sorrise e gli accennò di obbedire; ed egli provò l'impressione di essere diventato come uno di famiglia.

E non si accorgeva, l'innocente, che quei due, finito di parlare della fuga del vecchio, avevano paura a star soli: la madre ogni tanto vedeva gli occhi vaganti e inquieti del figlio fermarsi, diventar duri e opachi come di pietra, ottenebrati dalla notte interna, ed egli a sua volta si scuoteva accorgendosi che ella lo osservava e che indovinava la sua pena.

Finito di servire, ella non entrò più nella stanzetta.

Col meriggio sereno ritornava il vento, ma un vento tenue e armonioso di ponente che dava appena un tremolio dolce e luminoso agli alberi del ciglione: tutta la stanzetta era rallegrata dal riflesso agitato delle foglie ridenti, dalla luce cangiante del cielo alto sopra il finestrino, attraversato da fili argentei di nuvolette sottili coi quali pareva che il vento suonasse la sua musica lieve.

D'improvviso qualcuno picchiò alla porta e ruppe l'incanto. Antioco corse ad aprire. Una vedova giovane, pallida e coi grandi occhi neri spaventati, chiedeva di parlare al prete, mentre una ragazzina ch'ella teneva forte per la mano la tirava indietro torcendosi tutta, coi capelli neri disfatti sotto il fazzoletto rosso, e nel viso livido gli occhi verdi sfolgoranti come quelli di un gatto selvatico.

– È malata, – disse la vedova – voglio vedere il prete perché legga gli Evangeli e scongiuri lo spirito del male dal quale questa creatura è invasa.

Antioco, con la porta solo aperta a metà, stava un poco incerto e spaurito. Non era l'ora di molestare il prete, per quelle cose: d'altronde la ragazzina, che non cessava di torcersi tutta da un lato e non potendo fuggire tentava di morsicare la mano della madre, destava pena e spavento.

– È ossessa, ecco! – mormorò la madre, arrossendo di vergogna.

Allora senz'altro Antioco la fece entrare, anzi aiutò la vedova a spingere dentro la ragazzina, che s'era aggrappata allo stipite della porta.

Sentito di che si trattava, e che era già il terzo giorno in cui la piccola malata si agitava così, sempre cercando di fuggire, muta e sorda ad ogni esortazione, il prete la fece accostare a sé, la prese per gli omeri, le esaminò gli occhi e la bocca.

– È stata molto al sole? – domandò.

– Non è questo, – disse la madre sottovoce – io credo sia posseduta dallo spirito maligno. No, – aggiunse singhiozzando – la mia creatura non è più sola.

Egli si alzò per andare a prendere nella sua camera il libro degli Evangeli; ma fece un passo indietro e mandò Antioco.

Il libro fu aperto sulla tavola, ed egli, con la mano sulla testa calda della ragazzina tenuta forte dalla madre inginocchiata, lesse.

«... E navigarono alla contrada dei Gadareni, che è riscontro alla Galilea. E quando egli fu smontato in terra gli venne incontro un uomo di quella città, il quale già da lungo tempo aveva i demoni, e non era vestito d'alcun vestimento; e non dimorava in casa alcuna, ma dentro i monumenti. E quando ebbe veduto Gesù diede un gran grido e gli si gettò ai piedi e disse con gran voce: "Gesù, Figliuolo di Dio altissimo, che vi è egli fra te e me? Io ti prego a non tormentarmi"».

Antioco voltava la pagina del libro e guardava la mano del prete posata sulla tavola. Arrivati alle parole «Che vi è egli fra te e me?» vide la mano tremare lievemente: sollevò rapido gli occhi e si accorse che gli occhi di *lui* erano pieni di lagrime.

Allora, piegato da una commozione violenta, s'inginocchiò accanto alla vedova, senza tuttavia smettere di toccare il libro. Pensava: "L'uomo più buono del mondo è *lui*: eccolo che piange perché legge la parola di Dio"; e non osava più sollevare gli occhi per guardarlo, ma con la mano libera tirava per la gonna la ragazzina, non senza trepidazione e anche col segreto timore che i demoni, uscendo dal corpo di lei, potessero entrare nel suo.

La piccola ossessa non si agitava più; anzi s'irrigidiva e pareva s'allungasse, col collo bruno tirato, il mento sporgente sopra il nodo del fazzoletto, gli occhi fissi sul viso del prete. A poco a poco la bocca si apriva: pareva che le parole del Vangelo, il sussurro del vento, il fruscio degli alberi del ciglione, tutto la incantasse. D'improvviso, a uno strappo più forte della mano di Antioco, si piegò anche lei e s'inginocchiò. La mano che il prete le teneva sulla testa rimase sospesa per aria: la voce di lui si fece tremula.

«... Or quell'uomo, del quale erano usciti i demoni, lo pregava di poter stare con lui. Ma Gesù lo licenziò dicendo: "Ritorna a casa tua e racconta quante gran cose Iddio ti ha fatte...".»

Poi tacque e ritirò la mano. La ragazzina, completamente calmata, aveva un poco rivolto il viso a guardare Antioco; nel silenzio si udiva più forte il sussurro degli alberi, e più lontano, il picchio del tagliapietre.

Paulo soffriva. Neppure per un attimo aveva creduto alla superstizione della vedova, che cioè la fanciulla fosse posseduta dal demonio: gli pareva dunque di aver letto senza fede il Vangelo; era il demonio suo interno quello che solo esisteva, e questo no, non se ne andava. Eppure egli s'era a un tratto sentito più vicino a Dio: «Che v'è egli fra me e te?». E gli pareva che quei tre fedeli, e la madre sua stessa inginocchiata dietro l'uscio della cucina, fossero piegati, non davanti alla sua potenza, ma davanti alla sua miseria.

Ma quando la vedova si abbassò, fino a baciargli il piede, egli si ritrasse vivamente: pensava a sua madre, *che sapeva tutto*, ed ebbe paura ch'ella lo giudicasse male.

Il movimento della vedova, nel sollevarsi, fu così pieno di mortificazione, che i due ragazzi si misero a ridere. Allora anche lui sentì sciogliersi il suo dolore.

– Bene, alzatevi – disse. – Ecco fatto.

Tutti si alzarono: e Antioco corse ad aprire la porta perché qualcuno picchiava di nuovo.

Era la guardia campestre ed urbana col suo cane al guinzaglio.

Antioco gli disse subito, col viso raggiante di gioia: – È accaduto adesso un miracolo. Egli ha cacciato via i demoni dal corpo di Nina Masia.

La guardia però non credeva ai miracoli, si scostò un poco dalla porta e disse: – E allora lasciamoli uscire.

– Entreranno nel corpo del vostro cane.

– Non possono entrarvi; ce li ha già!

Scherzava, ma senza perder nulla della sua gravità. Sull'uscio della stanza da pranzo fece il saluto militare, rivolto al prete, senza neppure degnarsi di guardare le donne.

– Ho bisogno di parlare a lei solo.

Le donne si ritrassero in cucina, e Antioco andò a riporre il libro. Quando ridiscese, sebbene ancora tutto commosso del miracolo, si fermò a origliare quel che diceva la guardia. Diceva:

– Le domando scusa se ho portato dentro questa bestia: è pulita, e non darà noia perché capisce dov'è (Il cane infatti stava immobile, a occhi bassi, con la coda penzoloni). Si tratta del vecchio Nicodemo Pania, noto Re Nicodemo. È stato raggiunto nella sua capanna, ed ha espresso il desiderio di rivedere lei e ricevere l'estrema unzione. Secondo il mio debole parere...

– Santo Dio! – disse il prete con impazienza; tosto però si rallegrò infantilmente al pensiero di andare sull'altipiano, e strapazzare così, bene o male, il suo miserabile affanno.

– Sì, sì – aggiunse subito. – Bisogna cercare un cavallo. La strada, com'è?

– Penserò io al cavallo e alla strada: è mio dovere.

Il prete offrì da bere. La guardia per principio non accettava mai nulla da nessuno, neppure un bicchiere di vino; ma in quel momento sentiva talmente fuso il suo dovere civile al dovere religioso del prete che accettò l'invito: bevette, versò le ultime gocce per terra — poiché la terra vuole la sua parte in tutte le cose che l'uomo consuma — e ringraziò facendo il saluto militare. Allora Paulo vide il cane scuotere la coda e sollevare gli occhi a guardarlo con espressione d'amicizia.

Antioco fu pronto a riaprire la porta, poi si ripresentò nella stanza da pranzo sull'attenti anche lui. Gli dispiaceva che sua madre, là nella retrobottega ripulita per l'occasione, col vassoio pronto per l'invito, aspettasse invano quel giorno la visita del prete: ma il dovere anzi tutto.

– Cosa devo preparare? – domandò imitando l'accento grave della guardia. – Dobbiamo portare anche l'ombrello?

– Oh, ma ti pare? Si va a cavallo. Tu non dovresti venire: però posso prenderti in groppa al cavallo.

– Io vado a piedi. Io non mi stanco mai.

Infatti pochi minuti dopo era pronto, con una cassettina in mano e la sua cappa rossa ripiegata sul braccio: per conto suo avrebbe preso anche l'ombrello, ma bisognava obbedire agli ordini superiori.

Mentre aspettava il prete davanti alla chiesa, tutti i ragazzi cenciosi dei quali lo spiazzo era il solito campo di battaglia, lo circondarono curiosi, senza però osare di avvicinarsi troppo, guardando la cassettina con religione non scevra di terrore.

– Noi verremo appresso – disse uno.

– Voi starete lontani mille metri; altrimenti vi sguinzaglio addosso il cane della guardia.

– Il cane della guardia? Uh, ci starai lontano tu mille metri dal cane della guardia!

– Io? – egli disse con un sorriso superbo.

– Già, tu adesso ti credi Dio in persona perché hai il vero Dio in mano.

– Io, – disse uno spregiudicato – se fossi in te scapperei con la cassettina e farei tante malie con l'olio santo.

– Vattene, mosca cavallina! Il demonio uscito dal corpo di Nina Masia è entrato nel tuo.

– Che cosa? Il demonio?

– Sì, – disse Antioco gravemente – oggi dopo mezzogiorno *egli* ha fatto uscire il demonio dal corpo di Nina Masia. Eccola che viene.

La vedova, con la ragazzina per mano, usciva dalla casa parrocchiale; i ragazzi le si slanciarono incontro, e in un attimo la notizia del miracolo si propagò per il paesetto. Allora fu veduto uno spettacolo che ricordava quasi quello dell'arrivo del prete: tutta la gente si radunò nella piazza, e Nina Masia fu dalla madre collocata sopra i gradini della porta della chiesa: lassù, bruna, legnosa, coi suoi occhi verdi e il suo fazzoletto rosso, parve per un momento l'idolo di tutta quella semplice gente di fede.

Le donne piangevano e volevano toccarla. Intanto era arrivata la guardia col cane; e il prete a cavallo attraversava la piazza. La folla gli andava appresso in processione, mormorando: egli faceva qualche cenno con la mano, volgendosi qua e là per ringraziare, ma più che addolorato si sentiva annoiato di quanto accadeva: giunto al principio della strada in pendio fermò il cavallo e parve voler dire qualche cosa, poi spronò la bestia e s'allontanò rapido. Un istinto disperato gli faceva desiderare una corsa, una fuga giù per la valle, uno smarrimento e una dispersione di tutto il suo essere nello spazio selvaggio che gli si offriva davanti.

Il vento soffiava più forte; nel meriggio luminoso tutte le macchie e i cespugli vibravano e luccicavano: il fiume rifletteva l'azzurro del cielo, e la ruota del molino pareva frantumasse dei diamanti. La guardia col cane e Antioco con la cassettina venivano giù austeri, compresi del loro dovere: e anche lui riprese la strada più tranquillo. Dopo il fiume la strada si cambiava in sentiero e risaliva verso l'altipiano: pietre e muricce, alberi storti e rovi l'accompagnavano; il vento di ponente dava una dolcezza calda all'aria, e portava profumi densi, come strappasse e spandesse con sé il fiore del timo e le rose selvatiche.

Si saliva sempre: quando il paese sparve, allo svolto del sentiero, tutto fu vento, pietre, vapori che all'orizzonte fondevano la terra col cielo.

Di tanto in tanto il cane abbaiava, e pareva che altri cani feroci gli rispondessero: era l'eco.

A metà strada il prete propose ad Antioco di montare in groppa al cavallo; ma il ragazzo si rifiutò, cedendo solo e malvolentieri la cassettina.

E solo allora si permise di attaccare discorso con la guardia: tentativo vano, d'altronde, poiché la guardia non cessava un momento di credersi investita di alti poteri e ogni tanto si fermava corrugando la fronte; e tirandosi la visiera del berretto sugli occhi, volgeva lo sguardo di qua e di là come se tutte le terre intorno fossero sue e qualche pericolo le minacciasse. Allora anche il cane si fermava sulle quattro zampe, fiutando il vento, con un tremito che gli scoteva il collo e le orecchie.

Fortunatamente tutto era sereno nel pomeriggio ventoso: solo, in quel deserto di pietre e di macchie, sulle cime dei macigni apparivano le capre snelle, nere sullo sfondo delle nuvole rosa.

Ed ecco una china coperta di massi granitici: una vera cascata di pietre che si posavano le une sulle altre con leggerezza miracolosa.

Antioco riconobbe il luogo dove era stato una volta con suo padre; e mentre il prete faceva un lungo giro per non lasciare il sentiero, e la guardia lo seguiva fedele alla sua consegna, egli si arrampicò di pietra in pietra e arrivò primo alla capanna del vecchio cacciatore.

Era una capannuccia di frasche circondata di un recinto di macigni contro i quali il vecchio solitario, per completare quella sua specie di fortezza preistorica, aveva accumulato altre pietre.

Il sole vi batteva di sbieco come dentro un pozzo. L'orizzonte per tre parti chiuso si apriva solo a destra, fra una roccia e l'altra, con una lontananza azzurra e una striscia d'argento in fondo: il mare.

Il nipote del vecchio sporse dall'apertura della capanna la testa nera ricciuta.

– Vengono – annunziò Antioco.

– Ma chi?

– Il prete e la guardia.

L'uomo balzò fuori, agile e peloso come le sue capre, imprecando contro la guardia che s'immischiava continuamente nei fatti altrui.

– Adesso gli rompo le costole – minacciò; ma quando vide il cane si scostò, mentre anche il cane del vecchio si faceva incontro all'altro ed entrambi si annusavano per salutarsi.

Antioco riprese la cassettina e sedette su una pietra, di fronte all'apertura azzurra del recinto: di là vedeva una infinità di pelli di cinghiale rigate di grigio e di nero, e pelli di martora macchiate d'oro, stese sulle rocce ad asciugare: e nell'interno della capanna il corpo nero del vecchio disteso su altre pelli, e il suo viso scuro circondato di una raggera di barba e di capelli bianchi che aveva già la compostezza della morte.

Il prete si piegava ad interrogare il moribondo; ma questi non rispondeva, con gli occhi chiusi, le labbra violette e una gocciolina di sangue all'angolo della bocca.

Più in là la guardia, seduta anch'essa su una pietra, col cane sdraiato ai piedi, fissava l'interno della capanna, sdegnandosi perché il moribondo disubbidiva alla legge, cioè non pronunciava le sue ultime volontà; e Antioco volgeva gli occhi sornioni da quella parte pensando con malizia che la guardia avrebbe volentieri aizzato il cane contro il vecchio testardo come contro un ladro.

Dentro la capanna il prete si piegava sempre più stringendosi le mani giunte fra le ginocchia: la sua grande fronte pesava sul suo profilo stanco, le labbra si sporgevano con disgusto.

Taceva anche lui, adesso: pareva si fosse dimenticato perché era lì, e ascoltasse solo il mormorio del vento fra i linterni, che pareva il lontano sciabordio del mare. D'improvviso il cane della guardia balzò abbaiando, e Antioco sentì sopra la sua testa un fruscio d'ali: si volse a guardare e vide sulle rocce l'aquila addomesticata del vecchio cacciatore, col suo becco forte come un piccolo corno e i ventagli neri delle grandi ali che si aprivano e si sbattevano lentamente.

Paulo, dentro, pensava: "Così si muore. Quest'uomo è fuggito dagli uomini perché aveva paura di uccidere, di peccare troppo. Eccolo qui, adesso, pietra fra le pietre. Così sarò io fra trenta, fra quarant'anni, dopo un esilio eterno. E lei stasera forse mi aspetterà ancora...".

Allora si scosse. Ah, non era morto, come credeva. La vita gli batteva dentro, gli si svegliava forte e tenace come l'aquila fra le pietre.

"Bisognerebbe passare la notte quassù. Se io passo questa notte senza incontrarmi con lei sono salvo. Su, Paulo, coraggio."

Uscì e sedette pensieroso accanto ad Antioco. Il tramonto arrossava già l'orizzonte: nel recinto s'allungavano le ombre delle rocce e dei cespugli che il vento agitava; e pareva fossero le chiazze di sole a tremolare: e così egli dentro di sé non sapeva distinguere quale dei suoi desideri era il più fermo.

– Il vecchio non parla più: è in agonia. Adesso gli daremo l'estrema unzione; e se muore bisognerà provvedere al trasporto della salma. Bisognerebbe – aggiunse, come fra sé, ma non osò finire la frase: – passare qui la notte.

Antioco si alzò e preparò per l'estrema unzione; aprì la cassettina, facendone scattare con piacere i ganci argentei, trasse la tovaglia, trasse il vaso: spiegò la cappa e se la gettò sulle spalle: pareva lui il sacerdote.

Quando tutto fu pronto, rientrarono nella capanna, dove il nipote del vecchio, inginocchiato, sorreggeva la testa del moribondo.

Antioco s'inginocchiò dall'altra parte, con le falde della cappa sparse per terra, e coprì con la tovaglia la pietra che serviva da sedile. Il vaso d'argento rifletteva il rosso della cappa.

Anche la guardia s'inginocchiò di fuori, col suo cane accanto.

E il prete unse la fronte del vecchio, e il cavo delle mani che non avevano mai voluto far violenza, e i piedi che l'avevano portato lontano dagli uomini come dal male stesso.

Il sole al tramonto mandava dentro la capanna un ultimo chiarore soffuso, del quale Antioco appariva fra il moribondo e il prete come una brage fra carboni spenti.

"Bisogna ritornare" pensava Paulo: "non c'è ragione di star qui".

– È grave – disse, ritornando fuori: – non ha più coscienza di nulla.

– Stato comatoso – precisò la guardia.

– Fra qualche ora è morto. Occorrerà provvedere al trasporto della salma.

E di nuovo avrebbe voluto aggiungere: «Bisognerebbe passare la notte qui»; ma ebbe vergogna della sua finzione.

D'altronde si sentiva spinto a camminare, a ritornare giù. Col cadere della sera il peccato lo riattirava, lo stringeva con la rete dell'ombra. Ed egli se ne accorgeva e ne provava terrore: ma in fondo si vigilava; sentiva la sua coscienza desta, pronta a sorreggerlo.

“Basta passare questa notte senza vederla, e sono salvo.”

Se qualcuno riuscisse a trattenerlo! Se il vecchio si sollevasse e gli afferrasse l’orlo della veste!

Tornò a sedersi, cercò di prender tempo. Il sole era già caduto sopra la linea estrema dell’altipiano, e lassù i tronchi delle querce si disegnavano, sullo sfondo rosso dell’orizzonte, come le colonne di un portico sormontate da una grande cornice nera. Neppure la morte turbava la pace di quella grande solitudine.

Paulo si sentiva stanco, e, come la mattina ai piedi dell’altare, avrebbe voluto stendersi sulle pietre e addormentarsi.

Intanto la guardia aveva per conto suo preso una decisione; s’era a sua volta inginocchiata presso il moribondo e gli mormorava qualche cosa all’orecchio. Il nipote guardava sospettoso, ma anche un po’ ironico. S’avvicinò al prete e gli disse: – Adesso che avete fatto il vostro dovere, andate, andate in pace: so io adesso quello da farsi.

La guardia ritornò fuori.

– Non parla più, – disse – ma da un suo cenno ho potuto capire che ha regolato tutte le sue cose. Nicodemo Pania, – aggiunse rivolgendosi al nipote – in tua coscienza, puoi assicurarci che possiamo andare tranquilli?

– Salvo il santissimo sacramento dell’estrema unzione, potevate anche non venire. Che cosa v’importa dei fatti miei?

– Bisogna rispettare la legge! E non alzare la voce, Nicodemo Pania.

– Basta, adesso, non gridate – disse il prete accennando la capanna.

– Lei m’insegna che nella vita non c’è che un dovere: fare il proprio dovere – sentenziò la guardia.

E il prete balzò in piedi, punto da quelle parole; tutto oramai gli parlava al cuore, e gli pareva che Dio stesso pronunziasse i suoi voleri per bocca degli uomini.

Rimontò a cavallo e disse al nipote del vecchio: – Non abbandonare tuo nonno, finché non è spirato. Dio è grande e noi non sappiamo mai quello che può succedere.

L’uomo l’accompagnò per un tratto di strada.

– Ascolti, – disse, quando furono lontani dalla guardia, – sì, il nonno mi ha consegnato i danari. Eccoli qui, sotto la mia ascella. Non sono molti, ma quelli che sono, sono miei?

– Se egli li ha dati solo per te, sono tuoi – rispose Paulo; e si volse per vedere se gli altri seguivano.

Seguivano. Antioco s'appoggiava a un bastone che s'era fatto con un ramo di linterno; la guardia con la visiera del berretto e i bottoni luccicanti al riflesso del crepuscolo, prima d'imboccare il sentiero si volse e fece il saluto militare verso la capanna. Salutava la morte. E l'aquila parve rispondere dal suo covo, sbattendo ancora una volta le ali prima di addormentarsi.

Le ombre salivano rapide dalla valle, e in breve avvolsero i tre viandanti. Ma allo svolto del sentiero, dopo il fiume, una luce lontana che veniva dal paesetto illuminò la loro strada. Pareva che lassù ardesse un incendio. Grandi fiamme brillavano sul ciglione, e la guardia distinse con la sua vista acutissima molte ombre che si agitavano nella piazza della chiesa.

Era un sabato e quasi tutti gli uomini dovevano essere tornati in paese; ma questo non spiegava il perché dei fuochi e dell'insolita agitazione.

– Io so il perché – disse Antioco con gioia. – Aspettano il nostro ritorno e vogliono festeggiare il miracolo di Nina Masia.

– Oh, Dio! Dio! Sei ben sciocco, Antioco – gridò il prete, guardando quasi con terrore la china sotto il paese illuminata dai fuochi.

La guardia non si pronunziò: ma nel suo silenzio sdegnoso scosse la catenella del cane e il cane abbaiò: urli rauchi echeggiarono nella valle e al prete, nella sua angoscia, parve che una voce misteriosa protestasse contro di lui, rimproverandogli di abusare della semplicità dei suoi parrocchiani.

"Che ho fatto di loro?" si domandò. "Ho fatto scempio di loro, come ho fatto scempio di me. Dio, salvaci tutti."

E lo assalirono propositi eroici: fermarsi, all'arrivo, in mezzo ai suoi fedeli, e confessare il suo peccato, la sua miseria; aprirsi il petto, davanti a loro, e far brillare il suo cuore miserabile ma ardente della fiamma del suo dolore più che i fuochi di sterpi sul ciglione.

Una voce però gli saliva dalla coscienza: "È la loro fede che festeggiano: festeggiano Dio in te. Tu non hai diritto di metterti con la tua miseria fra loro e Dio".

Ma ancora da più in fondo un'altra voce gli diceva: "Non è questo: è che sei vile. Hai paura di soffrire, di ardere davvero".

E a misura che si riavvicinava al paesetto, agli uomini, si sentiva più smarrito che mai. Che fare? Gli pareva che le ombre e le luci che i fuochi del ciglione sbattevano tutto intorno, sopra ogni pietra, sopra ogni stelo, uscissero dalla sua coscienza: ma qual era la verità: la bianca o la nera?

Ricordava il suo arrivo al paesetto, anni avanti; la madre che lo seguiva trepida come si segue un bimbo che fa i primi passi.

"E io sono caduto davanti a lei... E lei crede di avermi rialzato, ma sono ferito a morte. Dio mio, Dio mio..."

E ad un tratto provò un senso di sollievo pensando che quella festa improvvisata lo distoglieva dalla sua pena, forse anche dal pericolo...

"Farò venire qualcuno in casa: così passerà la sera. Si farà tardi... Se passa la notte sono salvo."

Già si distinguevano, in alto, le punte nere dei cappucci degli uomini affacciati al parapetto dello spiazzo; e le fiamme, più su, da una parte e dall'altra della chiesetta, sventolanti come bandiere rosse: le campane non suonavano, come l'altra volta, ma una fisarmonica accompagnava col suo strido melanconico il tremolio del chiarore intorno.

Ed ecco sul campanile apparve un astro d'argento che immediatamente s'infranse e si disperse accompagnato da uno scoppio che rintronò nella valle. Seguì un grido di gioia e poi altri sprazzi di splendore, e rombi di schioppettate. Si sparava in segno di giubilo, come nelle sere di festa solenne.

– Sono diventati pazzi – disse la guardia. E si slanciò di tutta corsa in avanti, col cane che abbaiava cupo, come se lassù ci fosse una rivolta da domare.

Antioco, invece, aveva voglia di piangere. Guardava il prete, alto sul cavallo, neri tutti e due nel chiarore dei fuochi, e gli pareva fosse un santo in processione.

"Mia madre stasera farà affaroni con tutta questa gente allegra" pensò tuttavia.

E si sentì tanto felice che spiegò la cappa e se la gettò sulle spalle; poi volle la cassettina, ma non abbandonò il bastone; e così rientrò in paese, simile ad uno dei Re Magi.

La nipote del vecchio cacciatore chiamò il prete dalla sua porta e chiese notizie del nonno.

– Tutto va bene.

– Il nonno sta meglio, dunque?

– Il tuo nonno a quest'ora è morto.

Ella diede un grido: e fu la sola nota stonata della festa.

Già i ragazzi scendevano incontro al prete; circondarono il cavallo come un nugolo di mosche e così in gruppo risalirono fino allo spiazzo. Lassù la gente non era poi tanta come appariva di lontano moltiplicata dalle ombre; la presenza della guardia col cane aveva messo un certo ordine attorno: gli uomini si tenevano in fila presso il parapetto, sotto gli alberi battuti dal chiarore dei fuochi, e alcuni bevevano davanti alla piccola bettola della madre di Antioco; le donne, con bimbi addormentati in braccio, sedevano sui gradini della chiesa, tenendo in mezzo a loro Nina Masia, tranquilla come un gatto sonnolento.

La guardia col cane, in mezzo allo spiazzo, sembrava un monumento.

All'apparire del prete tutti si mossero per circondarlo: il suo cavallo però, spronato di nascosto, affrettò il passo tentando di scendere dalla parte opposta della chiesa, dov'era la casa del suo padrone.

Allora questo padrone, ch'era uno dei bevitori davanti alla bettola, s'avanzò col bicchiere in mano, e fermò la bestia per la briglia.

– Ehi, ronzino, a che pensi? Sono qua io.

Il cavallo si fermò di botto, allungando le labbra in mezzo al morso quasi volesse bere il vino del suo padrone: e il prete fece un movimento per smontare, ma l'uomo lo tenne fermo per una gamba, e ricondusse cavallo e cavaliere davanti alla bettola, porgendo il bicchiere verso un compagno che teneva la bottiglia in mano.

Tutti, uomini e donne, s'erano aggruppati intorno. Sullo sfondo dorato della porta della bettola la figura alta e zingaresca della madre di Antioco, col viso che al chiarore dei fuochi pareva di rame, guardava sorridendo la scena: i bimbi svegliati in braccio alle madri si torcevano un poco spauriti, facendo coi loro movimenti scintillare gli amuleti di corallo e d'oro di cui tutti, anche i più poveri, erano adorni; e fra l'ondulare grigio della folla il prete alto sul cavallo sembrava davvero il pastore in mezzo alla sua greggia.

Un vecchio con una barba bianca gli mise una mano sul ginocchio e volse il viso alla gente: – Gente – disse con voce commossa – questo è veramente un uomo di Dio.

– E allora beva e faccia crescere il vino – gridò il padrone del cavallo porgendo il bicchiere che Paulo prese e accostò subito alle labbra: sotto però i denti gli tremavano, e il vino rosseggiante al riflesso del fuoco gli parve sangue.

Egli sedeva di nuovo davanti alla sua mensa, nella stanzetta da pranzo rischiarata da un lume ad olio. La luna grande dorata saliva sul cielo pallido, sopra il ciglione che sullo sfondo del finestrino pareva una montagna.

Fino a quel momento alcuni paesani, il vecchio dalla barba bianca, il padrone del cavallo, ed altri, erano rimasti, invitati da lui, a fargli compagnia. Si beveva e si scherzava, si raccontavano storie di caccia. Il vecchio dalla barba bianca, cacciatore anche lui, criticava il Re Nicodemo, perché, diceva lui, il vecchio solitario non esercitava la caccia secondo la legge di Dio.

– Non per offenderlo, nell'ora estrema, ma per la verità, dirò ch'egli esercitava la caccia per sola speculazione. Quest'inverno scorso, dalle sole pelli di martora ha ricavato migliaia di lire. E Dio permette si uccidano le bestie, ma non si disperdano. Egli le prendeva anche col laccio, e questo non è permesso, perché le bestie soffrono come noi, e devono essere terribili le ore passate al laccio. Or dunque una volta io stesso con questi occhi ho veduto un laccio dove una lepre aveva lasciato la sua zampa. Capite? La lepre presa al laccio aveva rosicchiato la carne intorno alla sua zampa e se l'era strappata per potersi liberare. E poi, che ne faceva dei denari, Nicodemo? Li nascondeva. Adesso il nipote se li berrà in pochi giorni.

– I denari son fatti per essere spesi – disse il padrone del cavallo, ch'era un uomo vanitoso. – Io, per esempio, li ho sempre spesi, pur di divertirmi, senza far male a nessuno. Una volta, alla nostra festa, non sapendo cosa altro fare, fermo un mercante di setacci che passava col carico della sua merce. E compro tutti i setacci, e li metto a rotolare per la piazza e corro dietro di essi spingendoli col piede. In un attimo tutta la gente fu dietro di me, ridendo e gridando. E i ragazzi e i giovani e poi anche qualche uomo serio si misero a imitarmi. Fu un gioco del quale tutti ancora si ricordano. Ogni volta che l'antico parroco mi vedeva, gridava di lontano: «Oh, Pasquale Masia, non c'è un setaccio da far correre?».

Gl'invitati ridevano: solo il prete pareva distratto, ed era pallido e stanco. E il vecchio dalla barba bianca, che lo osservava con religione, ammiccò verso i compagni per invitarli ad andarsene. Era tempo di lasciare alla sua santa solitudine e al meritato riposo il servo di Dio.

Gli invitati si alzarono, tutti insieme, tirandosi un po' indietro per salutare; poi Paulo si trovò solo, tra la fiammella tremula del lume e la luna che guardava dal finestrino: fuori il rumore degli scarponi ferrati degli uomini che s'allontanavano risonava sul selciato della strada solitaria.

Era presto ancora per andare a letto; e sebbene si sentisse tutto indolenzito, col collo rotto dalla stanchezza come se tutto il giorno avesse portato un giogo, non pensava affatto a salire nella sua camera.

La madre stava ancora nella cucina: egli non la vedeva, ma sentiva ch'ella vegliava *come la notte prima*.

Come la notte prima! Gli parve di aver dormito a lungo e di svegliarsi d'improvviso: e che l'ansia del ritorno dalla casa di Agnese, e i pensieri della notte, la lettera, la messa, il viaggio sull'altipiano, la dimostrazione dei paesani, tutto fosse stato un sogno. La vita vera ricominciava adesso: egli usciva... due passi, dieci passi... apriva la porta, tornava da lei... La vita vera ricominciava.

"Forse però non mi aspetta. Non mi aspetta più."

Allora sentì le sue ginocchia rammollirsi, piegarsi. Di nuovo il terrore lo assaliva, ma non più al pensiero di tornare da lei, sibbene al pensiero ch'ella avesse accettato la sorte e già cominciasse a dimenticarlo.

E si accorse che nel più profondo del suo cuore la pena maggiore, dopo il ritorno dall'altipiano, era stata questa: il non saper nulla di lei, il silenzio, la sparizione di lei.

Era questa la vera morte: ch'ella cessasse di amarlo.

Nascose il viso fra le mani, cercò di *vederla*, e cominciò a rinfacciarle tutte le cose ch'ella avrebbe dovuto rinfacciare a lui.

"Agnese, tu non puoi dimenticare le tue promesse. Come, come puoi dimenticarle? Tu mi stringevi i polsi con le tue forti mani e mi dicevi: «Siamo legati per la vita e per la morte». È possibile che tu ti dimentichi? Tu dicevi: «Sai, sai...»."

Si passò un dito sulla nuca, intorno al collo; gli pareva di soffocare.

"È il demonio che mi ha preso col suo laccio."

E ripensò alla lepre che s'era rosicchiata la zampa.

Respirò profondamente, s'alzò, prese il lume; e voleva forzare la sua volontà, rodersi anche lui la carne pur di liberarsi. Decise di risalire nella sua camera, ma nel muoversi vide la madre, seduta al solito posto nella cucina silenziosa, e, accanto a lei, Antioco che s'era addormentato. Si accostò all'uscio.

– Che fa qui ancora quel ragazzo?

La madre si volse a guardare esitando; avrebbe voluto non parlare, nascondere Antioco col lembo della sua veste perché Paulo non s'indugiasse, perché Paulo si ritirasse nella sua camera. Aveva oramai una ferma fiducia in lui, ma pensava anche lei al demonio e al suo laccio.

Antioco però s'era già svegliato e ricordava bene lo scopo per cui, nonostante gl'inviti della donna ad andarsene, stava lì ad aspettare.

– Stavo qui perché mia madre attende la sua visita.

– Ma è ora di visite questa? – protestò la madre. – Cammina, va'; dille che Paulo è stanco e andrà domani.

Parlando al ragazzo guardava il figlio: e lo vedeva fissare la lucerna con gli occhi vitrei, ma le sue ciglia si sbattevano come le ali delle farfalle notturne accanto al lume.

Antioco si alzò con aria desolata.

– È che mia madre aspetta. E crede che sia cosa grave.

– S'era cosa grave glielo andava a dire subito. Va', cammina.

La voce di lei era aspra, e Paulo sollevò gli occhi, d'un tratto ridiventati ardenti: sentiva la paura della madre, che egli uscisse, e una cupa irritazione lo riprese.

Rimise la lucerna sulla tavola, sbattendola con forza, e chiamò Antioco.

– Andiamo da tua madre.

Nel corridoio però si volse e aggiunse: – Torno subito, mamma; lasciate aperto.

Ella non s'era mossa, ma dopo che i due furono usciti andò a spiare dalla porta socchiusa; li vide attraversare lo spiazzo bianco di luna, entrare nella bettola ancora illuminata: allora rientrò e ricominciò ad aspettare, come la notte prima.

Con meraviglia si accorgeva di non aver paura che l'antico parroco le riapparisse: tutto era stato un sogno; eppure in fondo non era certa che il fantasma non ritornasse e le chiedesse conto delle calze rattoppate.

– Le ho rattoppate, sì – disse a voce alta pensando all'opera compiuta per suo figlio. E sentiva che se il fantasma tornava saprebbe tenergli testa e trovarsi d'accordo con lui.

Tutto era quieto, però, nel silenzio lunare: attraverso i vetri del finestrino si vedevano gli alberi del ciglione risplendere come se ogni foglia sprizzasse una scintilla d'argento: il cielo sembrava di latte e l'odore dei cespugli aromatici penetrava nella casa. E anche lei era quieta, e non sapeva perché, pensando che il suo Paulo poteva soggiacere ancora al peccato, non ne provava più terrore. Vedeva ancora le ciglia di lui sbattersi come quelle di un bambino pronto a piangere: e il suo cuore di madre si scioglieva finalmente di pietà.

"Perché, Signore, perché?"

Non osava finire la sua domanda, ma la domanda stava in fondo al suo cuore come una pietra in fondo al pozzo. Perché,

Signore, Paulo non poteva amare una donna? Tutti possono amare, anche i servi e i mandriani, anche i ciechi e i condannati al carcere; perché il suo Paulo, la sua creatura, lui solo non poteva amare?

Di nuovo però il senso della realtà l'avvolse. Ricordò le parole d'Antioco ed ebbe vergogna di essere meno saggia di un ragazzo.

«Essi stessi, i preti più giovani, avevano chiesto di vivere liberi e casti, lontani dalla donna.»

E il suo Paulo era forte; non era da meno dei suoi antichi predecessori: egli non avrebbe pianto, no; le sue palpebre si sarebbero fermate, aride come quelle dei morti. Egli era forte.

"Sono io che sono rimbambita."

Sì, le pareva di essere invecchiata di venti anni, in quella lunga giornata di emozioni: ogni ora le aveva dato un colpo alle reni, ogni minuto le aveva levigato l'anima come lo scalpello del tagliapietre levigava i massi aspri là dietro il ciglione.

Tante cose le apparivano chiare, diverse dal giorno avanti; la figura di Agnese che la guardava fiera nascondendo entro di sé ogni sentimento, le balzava ogni tanto davanti.

– Anche lei è forte e saprà nascondere ogni cosa.

Lentamente coprì il fuoco, bene, che neppure una scintilla potesse sgorgare dalla cenere e attaccarsi a qualche oggetto vicino, poi andò a chiudere la porta, poiché sapeva ch'egli teneva sempre la chiave con sé; camminava forte, come per farsi sentire da lui sebbene lontano, e significargli col suo passo sicuro la sua sicurezza interna.

Eppure sentiva bene che questa sicurezza in fondo non era ferma: ma che cosa c'è di fermo nella nostra vita, Dio mio? Neppure le radici dei monti, neppure le fondamenta delle chiese, poiché un tremito della terra le può svellere: così lei era sicura ormai del suo Paulo, e sicura di sé, ma col trepido timore dell'ignoto che può sopravvenire. E si abbatté sulla sua sedia, nella sua camera, pensando che forse sarebbe stato meglio lasciare la porta aperta.

Poi si alzò e cominciò e slegarsi il cordoncino del grembiale: ma il nodo si era talmente intricato che finì con l'irritarla.

Bisognava tagliare il cordoncino, ed ella mosse un passo per cercare le forbici nel suo paniere da lavoro. Nel paniere da lavoro s'era accovacciato un gattino e al suo contatto i gomitoli s'erano scaldati; anche le forbici erano calde, ed ella le sentì come vive fra le sue dita; ma tosto le ripose; no, voleva disfare il nodo. E si riaccostò al lume e tirò il nodo del grembiale in avanti, e palpa e palpa, riuscì a scioglierlo. Diede un sospiro, poi continuò a togliersi piano piano le vesti, ripiegandole con cura sulla sedia dopo aver tratto dalla tasca della sottana le chiavi e averle messe in fila, come una buona famiglia in riposo, sul ripiano del tavolino da notte. Così le avevano insegnato i padroni: ordine e ordine; ed ella obbediva ancora agli antichi comandi.

Tornò a sedersi, con la camicia corta sulle gambe che parevano di legno; e sbadigliò: sbadigli di stanchezza e di rassegnazione.

No, che egli ritorni, e sulla porta chiusa legga la piena fiducia di sua madre. Bisognava prenderlo così, con la piena fiducia. Eppure ella tendeva l'orecchio: in modo diverso dalla notte avanti, ma tendeva l'orecchio.

Lasciò cadere le scarpe, le accostò l'una all'altra, da buone sorelle che devono tenersi compagnia anche la notte; e continuava a pregare e sbadigliare; sbadigli di stanchezza e di rassegnazione, ma anche di nervosità.

Che era andato a dire alla madre di Antioco? La donna non godeva buona riputazione: era usuraia e, si diceva, anche ruffiana. No, ella soffiò sulla candela, ne smorzò il lucignolo con le dita bagnate di saliva e montò sul letto: ma non poté stendersi.

Le parve di sentire un passo nella camera. Era il fantasma che tornava? Una paura terribile che egli salisse sul letto e la possedesse le ottenebrò la mente: il sangue le si gelò nelle vene, poi le corse tutto al cuore come una folla in sommossa per le vie di una città che affluisce tutta alla piazza. Pochi attimi e si riebbe, si vergognò della sua paura, prodotta certo da dubbi impuri che ella aveva sul suo Paulo.

No, non voleva, non voleva più investigare la più piccola azione di lui. Doveva starsene quieta, al buio, così, nella sua cameretta di serva. Si stese, si coprì; si coprì anche le orecchie per non sentire s'egli tornava o no: ma dentro *sentiva* egualmente, sentiva ch'egli non tornava, che era portato via da qualcuno, contro sua volontà, come uno che viene trascinato riluttante al ballo.

Era però sicura di lui: prima o poi egli avrebbe saputo liberarsi; e d'altronde ella era lì, sotto le coperte, ma non dormiva; e aveva l'impressione di palpare ancora il nodo intricato del suo grembiale, decisa a sciogliero.

E poi il ronzio delle orecchie coperte le pareva il mormorio della folla giù nella piazza e più lontano ancora: un mormorio di gente che si lamentava, ma anche rideva e cantava e ballava. Il suo Paulo era in mezzo. E sopra, in un luogo alto, qualcuno suonava dolcemente un liuto. Forse Dio sopra il ballo degli uomini.

La madre di Antioco aveva tutto il giorno pensato allo scopo che poteva avere l'annunziata visita del prete; ma si guardava bene dal mostrare di aspettarla. Forse egli intendeva fargli qualche osservazione per l'usura e per altri mestieri che ella esercitava; e perché prestava a puro scopo medicinale, ma sempre dietro un piccolo compenso, certe reliquie antichissime ereditate dalla famiglia di suo marito. O forse anche voleva un prestito, per sé o per gli altri. Ad ogni modo, andato via l'ultimo avventore, s'avvicinò alla porta con le mani dentro le tasche pesanti di monete di rame, e guardò se almeno Antioco ritornava. Ritornava accompagnato dal prete. Eccoli, attraversano lo spiazzo, neri alla luna.

Ella finse di stare a chiudere giù la porta; e ne chiuse infatti la metà, piegandosi a fermarla col paletto. Era agile, nei suoi movimenti, benché forte di corporatura, con la testa, al contrario delle sue compaesane, piccola ma ingrossata da una grande conchiglia di trecce nere.

All'avvicinarsi del prete si irrigidì e salutò dignitosa, guardandolo però negli occhi coi suoi occhi neri languidi e ardenti: poi lo pregò di accomodarsi dentro, nella camera interna, mentre Antioco la supplicava con gli occhi di insistere nell'invito.

Il prete però disse bonariamente: – Stiamo qui, stiamo qui – e sedette davanti ad una delle lunghe tavole dell'osteria, nere di vino.

Antioco, rassegnato, stette in piedi presso di lui, volgendo di qua e di là l'agile testa per guardare se, almeno, tutto era in ordine, e pauroso che sopravvenisse qualche avventore.

Non veniva nessuno e tutto era in ordine: l'ombra grande della madre copriva lo scaffale delle bottiglie verdi, rosse e gialle dei liquori, dietro il piccolo banco, mentre la luce della lampada a petrolio batteva cruda sulle piccole botti nere e come appoggiate alla parete opposta. Del resto non c'era altro che la tavola davanti a cui sedeva il prete e un'altra tavola solitaria; e sulla porta, pendente all'architrave, un mazzo di ginestre che serviva al doppio scopo di avvertire i passanti che quella era la porta di una bettola, e di prendere le mosche.

Antioco aveva, durante tutta la giornata, atteso quell'ora: gli pareva che un mistero dovesse scoprirsi. Aveva paura che qualcuno venisse, che sua madre facesse qualche cattiva figura. L'avrebbe voluta più umile, più pieghevole davanti al prete: invece ella aveva ripreso posto al suo banco e se ne stava composta come una regina sul trono; pareva ignorasse che quell'uomo seduto come un semplice avventore alla tavola della bettola era un santo che operava miracoli; e non gli serbava neppure riconoscenza per il grande spaccio di vino che quel giorno le aveva procurato.

Ma ecco, finalmente egli parlava: – Io desideravo vedere anche vostro marito – egli cominciò, coi gomiti sulla tavola, congiungendo una con l'altra le punte delle dita un po' aperte e fra le quali guardava. – Ma Antioco dice che tornerà solo l'altra domenica.

La donna fece un lieve cenno col capo.

– Tornerà l'altra domenica, sì. Ma se vuole posso andarlo a chiamare – propose ancora una volta Antioco, con uno slancio al quale nessuno badò.

– Si tratta del ragazzo. È arrivato il momento in cui dovete pensare sul serio a lui. Oramai è grandetto, il ragazzo: bisogna insegnargli un mestiere, o, se volete farlo diventare sacerdote, pensare seriamente alla responsabilità che assumete.

Antioco aprì le labbra, ma, come la madre cominciava a parlare, si volse a lei e ascoltò silenzioso, ma con ombre di disapprovazione sul viso turbato.

La donna coglieva l'occasione di lodare, come usava sempre, il marito, anche per scusarsi di avere sposato un uomo molto più vecchio di lei.

– Martino mio, vossignoria lo sa, è l'uomo più di coscienza del mondo: buon marito e buon padre, e lavoratore, poi, come nessun altro. Chi dei nostri compaesani lavora come lui? Me lo dica lei, vossignoria, lei che sa quanta fame gira intorno al paese per la poltroneria degli abitanti. Dunque, dicevo, se Antioco vuol scegliere un mestiere non ha che da seguire suo padre: ecco il miglior mestiere per lui. Il ragazzo è libero, e anche non volesse far niente, non lo dico per vanità, ma grazie a Dio vivrebbe senza rubare. Ma se vuole un mestiere che non sia quello del padre, scelga: vuol fare il carbonaio faccia il carbonaio; vuol fare il falegname faccia il falegname; vuol fare il contadino faccia il contadino.

– Io voglio farmi prete – disse il ragazzo con le labbra tremanti e gli occhi vividi di volontà.

– Ebbene, fa' pure il prete.

E il suo destino parve risolto.

Il prete lasciò cadere le sue mani sulla tavola, come due foglie bianche: sollevò il viso, tornò a reclinarlo.

D'un tratto gli sembrava ridicolo quel suo occuparsi dei fatti altrui. Come poteva risolvere il problema dell'avvenire di Antioco se non riusciva a risolvere neppure il suo?

Il ragazzo era lì, davanti a lui, teso ardente come il ferro infocato che aspetta il colpo del martello per ricevere forma: ogni parola poteva giovargli, ogni parola poteva nuocergli.

Ed egli lo guardò quasi con invidia: e in fondo alla sua coscienza approvò quella madre che lasciava libero il figlio di abbandonarsi al suo istinto.

– L'istinto non c'inganna mai – disse, proseguendo sottovoce il suo pensiero. – Ma tu, Antioco, dimmi adesso davanti a tua madre: perché vuoi farti prete? Non è un mestiere, quello del prete: non è il fare il carbonaio o il falegname. Adesso ti può sembrare una cosa facile, comoda, ma vedrai poi che sarà molto difficile. Le gioie e i divertimenti permessi agli altri uomini sono proibiti a noi: la nostra vita, se noi vogliamo veramente servire il Signore, è un continuo sacrifizio.

– Lo so – disse con semplicità il ragazzo. – Io voglio servire il Signore.

E guardò sua madre poiché aveva un poco vergogna di mostrare tutto il suo entusiasmo davanti a lei, ma lei stava lassù tranquilla e fredda sul suo banco come quando serviva gli avventori, ed egli proseguì: – Mio padre e mia madre sono contenti che io diventi prete: perché non devo esserlo? Qualche volta adesso sono sbadato, perché sono ancora ragazzo; ma d'ora in avanti sarò più serio e attento.

– Non è questo, Antioco. Tu sei anche troppo serio e attento: alla tua età bisogna essere spensierati, allegri; studiare e prepararsi alla vita, sì, ma essere anche ragazzi.

– E non sono ragazzo, io? Gioco, sì; è che lei non mi vede, quando gioco. Ma poi se non ne ho voglia perché devo giocare? Mi diverto in tanti modi: quando suono le campane mi piace tanto. Mi sembra di essere un uccello sul campanile. E oggi non mi sono divertito? Mi piaceva portare la cassettina, mi piaceva camminare su, su, fra le pietre. Sono arrivato prima di lei, che pure era a cavallo. Mi piaceva tanto quando siamo tornati; e mi piaceva tanto, oggi, – aggiunse chinando gli occhi – quando lei ha fatto andar via i demoni dal corpo di Nina Masia.

Il prete sorrise, suo malgrado.

– Tu credi a questo? – domandò a mezza voce; e tosto vide gli occhi del ragazzo aprirsi così fulgidi di meraviglia e di fede che abbassò i suoi per nascondere l'ombra cupa della sua anima.

– È che... è che da ragazzi si pensa in un modo, e tutto sembra bello e grande, – riprese, turbato, – mentre poi, con l'età, le cose cambiano aspetto. Bisogna ponderare bene una cosa prima di farla, per poi non pentirsi.

– No, non mi pentirò, le dico! Lei si è pentito? No. Così non mi pentirò io.

Paulo sollevò gli occhi: di nuovo gli parve di avere fra le mani l'anima del fanciullo, come fosse di cera, e di poterla con pochi tocchi deformare; di nuovo ebbe paura e tacque.

La donna dal suo banco ascoltava quieta: le parole del prete cominciavano però a darle un certo malessere. Aprì il cassetto davanti a sé, dove teneva i denari e gli anelli con le corniole e le spille e le nacchere che le donne le consegnavano in pegno per dei piccoli prestiti: e pensieri maligni balenarono nei ripostigli più oscuri della sua mente come quei tristi gioielli in fondo al suo cassetto.

"Il prete ha paura che Antioco faccia a tempo a togliergli la parrocchia," pensava "oppure ha bisogno di denaro e sfoga prima il suo malumore. Adesso domanderà il prestito."

Chiuse piano il cassetto, e riprese il suo atteggiamento tranquillo: era abituata a tacere, a non prender mai parte, neppure interrogata, alla discussione dei suoi avventori, specialmente se essi giocavano alle carte. Così lasciò che il suo piccolo Antioco tenesse fronte da sé al suo avversario.

– Come non credere? Non era indemoniata, Nina Masia? Io stesso sentivo il demonio che le tremava dentro come un lupo in gabbia. E solo le parole del Vangelo, dette da lei, l'hanno liberata.

– È vero, la parola di Dio può tutto – ammise il prete: e d'un tratto si alzò.

Se ne voleva andare? Antioco lo guardò quasi spaventato.

– Se ne va già? – domandò.

Era questa la famosa visita? Corse davanti al banco e fece un cenno disperato alla madre: ed ella si volse e prese una bottiglia dallo scaffale. Era delusa anche lei: sperava di poter prestare denari al parroco, sia pure a piccoli interessi; e così legittimare in qualche modo la sua usura davanti a Dio; egli invece era venuto specialmente per dire ad Antioco che il mestiere del prete non è quello del falegname: ad ogni modo bisognava onorarlo.

– Signor parroco, lei non se ne andrà così! Accetti qualche cosa; è vino vecchio dell'altro secolo.

Antioco teneva già in mano il vassoio con un calice di cristallo.

– Poco, poco.

La donna versava, protesa sul banco, attenta a non perdere una goccia. Paulo sollevò il calice, entro il quale il vino odorava come una rosa cupa, e prima lo fece assaggiare al ragazzo, poi lo accostò alle labbra.

– Allora beviamo al futuro parroco di Aar! – disse.

E Antioco si appoggiò al banco, poiché le ginocchia gli si piegavano: fu il momento più felice della sua vita.

Nella sua gioia, mentre la madre si volgeva a rimettere nello scaffale la preziosa bottiglia, non si accorse che il prete impallidiva fissando gli occhi fuor della porta come vedesse un fantasma.

Una figura nera correva silenziosa attraverso lo spiazzo: fu sulla porta della bettola, vi guardò coi suoi occhi neri spalancati, entrò ansando.

Era una serva di Agnese.

Il prete istintivamente si ritrasse in fondo alla bettola, cercando di nascondersi, tornò in avanti come spinto da un colpo alle spalle; gli parve di aggirarsi intorno a se stesso come una trottola, ricordò che non era solo e potevano osservarlo, e si fermò.

Ma non voleva sentire le parole che la serva diceva alla donna attenta ad ascoltarla dal suo banco: non aveva che un desiderio di fuga, di salvezza; il cuore non gli batteva più, tutto il sangue gli era salito alla testa e gli rombava dentro le orecchie. Le parole della serva però gli arrivavano egualmente fino al profondo dell'anima.

– È caduta: le è venuto tanto sangue dal naso, ma tanto che pare s'abbia rotto qualche cosa dentro la testa. E il sangue continua. Datemi le chiavi di Santa Maria Egiziaca, che sole lo possono fermare.

Antioco, che ascoltava col vassoio e il calice ancora in mano, corse a prendere le chiavi di un'antica chiesetta distrutta, che realmente poste sulle spalle di chi soffriva emorragie dal naso, avevano qualche virtù di arrestare lo scolo del sangue.

"È una commedia" pensava Paulo. "Non è vero niente. Ha mandato lei la serva a spiarmi e cercare di attirarmi a casa sua; forse sono d'intesa con questa ruffiana qui."

Eppure dentro, ben dentro, il tumulto di tutto il suo essere cresceva. No, la serva non mentiva: Agnese era troppo fiera per confidarsi con nessuno e tanto meno con le sue serve. Agnese stava male davvero. Gli pareva di vederla col dolce viso insanguinato. Ed era lui che l'aveva percossa. «Pare s'abbia rotto qualche cosa dentro la testa.»

Vide gli occhi obliqui della donna al banco sollevarsi rapidi verso di lui, con uno sguardo di sorpresa per la sua indifferenza.

– Ma come è stato? – egli domandò allora alla serva, ma piano, come cercando di nascondere a se stesso la sua premura.

La serva si volse tutta a lui; con un viso scuro, duro, puntuto, che gli si sporgeva davanti come uno scoglio contro il quale egli aveva paura di sbattere.

– Io non ero a casa, quando è caduta. È stato questa mattina, mentre ero alla fontana; al ritorno la trovai che stava già male: aveva inciampato sullo scalino dell'uscio e il sangue le colava dal naso. Più che altro pareva si fosse spaventata. Poi il sangue cessò: tutto il giorno, però, è stata pallida e non ha voluto mangiare. Stasera poi il sangue è tornato a colarle dal naso, non solo, ma è stata presa come da una convulsione. Adesso l'ho lasciata che era fredda, rigida, col sangue che cola sempre. Sto in pensiero, – ripeté avvolgendo nel grembiale le chiavi che Antioco aveva portato – siamo sole donne in casa.

Intanto si avviava, senza cessare di fissarlo, quasi volesse attrarlo dietro di sé con la forza del suo sguardo.

E la donna seduta al banco disse con la sua voce fredda: – Perché non va a vederla, signor parroco?

Egli si torceva le mani senza accorgersene.

– Non so... a quest'ora...

– Venga, venga! La mia piccola padrona sarà contenta e si farà coraggio, se lei viene.

"È il demonio che parla per la tua bocca" egli pensava, e intanto la seguiva, ma incoscientemente. Aveva afferrato per l'omero Antioco e se lo trascinava appresso come un sostegno. E il ragazzo andava con lui, come una tavola sulle onde: così furono sullo spiazzo, e su, su, fino alla parrocchia. La serva correva avanti, volgendosi però ogni tanto a guardare col bianco degli occhi lucente alla luna. Così nera, col viso scuro come una maschera, aveva davvero qualche cosa di diabolico: e Paulo le andava dietro con una vaga impressione di paura, sembrandogli di camminare così appoggiato ad Antioco come Tobia cieco.

Ma passando rasente alla sua porta si accorse, anche perché il ragazzo tentò di spingere il battente, che la madre aveva chiuso. Si fermò di botto, si staccò dal compagno.

"Mia madre ha chiuso perché sapeva già che io non avrei tenuto la parola" pensò. – Antioco, – disse al ragazzo – torna a casa tua: va'.

La serva si fermò; riprese a camminare; si fermò ancora, vide che il ragazzo andava verso la sua casetta e che il prete metteva la chiave nella serratura della sua porta: allora tornò indietro, fino a lui.

– Non vengo, – egli disse, volgendosi quasi minaccioso, e la guardò bene in viso, come volesse riconoscerla attraverso la sua maschera, – se avete assoluto bisogno, capisci, assoluto bisogno, torna pure a chiamarmi.

Ella andò via, senza più pronunziare una parola; ed egli stette davanti alla sua porta con la mano sulla chiave come se questa non girasse più. Non poteva, non poteva entrare; e avanzare dove prima era avviato non poteva. Per qualche attimo ebbe l'impressione di dover restare così per l'eternità, davanti ad una porta chiusa di cui pure aveva la chiave.

Antioco intanto era rientrato: la madre chiuse la porta, ed egli lavò e rimise in ordine i bicchieri; e il primo che ripulì con l'acqua netta, fu quello dov'*Egli* aveva bevuto. Lo asciugò accuratamente passandoci bene dentro col pollice un panno bianco; poi lo guardò attraverso la luce del lume con un occhio solo; pareva di diamante. E lo nascose in un ripostiglio, con religione, come il calice della messa.

Paulo era anch'esso rientrato e andava su tastoni per la scaletta buia; e aveva un ricordo confuso, di quando bambino andava così, tastoni e carponi su per una scala che però non ricordava bene dove fosse.

Come allora, aveva l'impressione di un pericolo che solo stando molto attenti si poteva evitare. Arrivò al pianerottolo. Arrivò al suo uscio. Era salvo. Ma davanti al suo uscio esitò nuovamente ad aprire; e d'un tratto si volse e picchiò lievemente con la nocca dell'indice sull'uscio della madre: poi senza aspettare risposta aprì ed entrò.

– Sono io, – disse duramente – non accendete. Ho da dirvi una cosa.

La sentiva agitarsi sul letto, il cui paglìericcio di stoppie scricchiolava; ma non la vedeva, non voleva vederla, voleva che solo le loro due anime si parlassero nelle tenebre, come già passate nel mondo di là.

– Sei tu? Sognavo – ella disse con voce assonnata eppure spaventata. – Un ballo... uno che suonava un liuto.

– Mamma, – egli riprese, senza badare alle parole di lei, – sentite. Quella donna, sì, Agnese, sta male. Da questa mattina sta male; è caduta; pare si sia rotta qualche cosa dentro la testa. Il sangue le cola dal naso.

– Cosa mi dici, Paulo! C'è pericolo?

La voce, nel buio, risonava allarmata e nello stesso tempo incredula. Egli proseguiva, imitando a sua volta la voce ansante della serva: – È stato questa mattina, dopo la lettera. Poi, durante il giorno, è stata pallida, senza voler mangiare; e stasera il male le è tornato: ha delle convulsioni.

Sentì che esagerava e si fermò: la madre taceva. Per un momento vi fu, in quel buio, in quel silenzio, un mistero di morte: come di due nemici che si cercassero nella tenebra senza riuscire a trovarsi. Poi la stoppia del pagliericcio scricchiolò di nuovo: la madre doveva essersi seduta sul letto, perché la sua voce chiara parve scendere dall'alto.

– Paulo, chi ti ha raccontato tutto questo? Può non esser vero.

Ed egli sentì ancora una volta ch'ella era come la sua coscienza che parlava; rispose subito, però: – Ma può essere anche vero. E non è questo, mamma. È che ho paura ch'ella commetta qualche pazzia. È sola, in mano di serve. È necessario ch'io la veda.

– Paulo!

– È necessario – egli ripeté, quasi gridando: ma voleva convincere più se stesso che lei.

– Paulo, hai promesso.

– Ho promesso; ed appunto per questo vengo ad avvertirvi. Vi ripeto che è necessario ch'io vada: la coscienza me lo impone.

– Dimmi una cosa, Paulo. Sei certo di aver veduto la serva? La tentazione fa cattivi scherzi. Il demonio si traveste in tante forme.

Egli non capiva bene.

– Voi credete che io mentisca? Ho veduto la serva.

– Senti, anch'io ieri notte ho veduto l'antico parroco. Anche poco fa mi è parso di sentirne i passi. Ieri notte, – riprese sottovoce – egli sedette accanto a me, davanti al camino. Ti dico che proprio l'ho veduto. Aveva la barba non rasa, e pochi denti neri in bocca, guasti dal troppo fumare. E le calze bucate. E mi disse: «Sono vivo e sono qui; e presto caccerò via te e tuo figlio dalla parrocchia». E mi disse che dovevo farti apprendere il mestiere di tuo padre, se volevo che tu non cadessi in peccato. Mi ha messo il turbamento nell'anima, Paulo, tanto che io non so se è bene o male quello che ho fatto. Ma sono convinta che era il demonio che mi si è seduto accanto, ieri notte, lo spirito del male. La serva che tu hai veduto poteva essere un'altra forma della tentazione.

Egli sorrideva, nel buio. Eppure vedeva ancora la figura fantastica della serva correre attraverso il prato, e suo malgrado provava un vago senso di terrore.

– Se tu vai là, – riprese la voce della madre – sei certo di non ricadere? Anche se tu hai veduto in realtà la serva, e quella donna sta davvero male, sei certo di non ricadere?

Ma subito ella tacque. Le pareva di vederlo, pallido nel buio, e aveva pietà di lui. Perché gli proibiva di tornare dalla donna? E se questa moriva davvero di dolore? Se lui stesso moriva di dolore? E sentiva la medesima ansiosa incertezza ch'egli aveva sentito per la sorte di Antioco.

– Dio mio – sospirò: e ricordò di essersi già affidata a Dio. Lui solo può risolvere i nostri problemi. Il cuore le batté di sollievo, come avesse ella stessa risolto il suo problema. E non lo risolveva, appunto, affidandosi a Dio?

Tornò ad abbandonarsi sul letto, ma senza stendersi: e la sua voce fu di nuovo a livello di quella del figlio.

– Se la coscienza t'imponeva di andare, perché non sei andato subito, senza venire qui?

– Perché avevo promesso. E voi minacciavate di andarvene se io tornavo in quella casa. Ho giurato... – egli disse con tristezza.

E fu per gridare: "Madre, costringetemi a tenere il giuramento".

Ma non poté. D'altronde anche lei diceva: – E allora va'. Fa' quello che la coscienza t'impone.

– Non inquietatevi – egli disse allora, avvicinandosi rasente al letto: e rimase per qualche attimo immobile; e tutto fu di nuovo silenzio.

Aveva l'impressione confusa di essere come davanti a un altare, con la madre là sopra, idolo misterioso; e ricordava quando fanciullo, in Seminario, lo costringevano, dopo la confessione, a baciarle la mano. La stessa ripugnanza e la stessa esaltazione d'allora lo animavano; sentiva che se fosse stato solo, senza di lei, sarebbe già tornato da Agnese, stanco di tutta quella giornata di fuga e di lotta; la madre lo frenava, ed egli non sapeva se gliene era grato o no.

– Non inquietatevi! – Ma intanto desiderava e temeva ch'ella parlasse ancora, o accendesse il lume per vederlo bene negli occhi e leggendovi tutto il suo pensiero gli imponesse di non andare.

Ella stette ferma, silenziosa; poi il paglietriccio scricchiolò ancora: ella s'era stesa.

Ed egli andò.

Pensava che, dopo tutto, non era un vile: andava, non incosciente, non spinto dalla passione, ma perché in sua coscienza sentiva che c'era forse un pericolo da scongiurare, e la responsabilità di questo pericolo era sua.

Rivedeva fra il nero argenteo dell'erba del prato il fantasma della serva che si volgeva a guardarlo con gli occhi lucenti e gli diceva: «La mia piccola padrona si farà coraggio, se lei viene».

E tutta la sua giornata di fuga gli appariva ridicola e vile; il suo dovere era quello, di andare da lei, di farle coraggio: si sentiva lieve, quasi felice, attraversando il prato fresco, argenteo di luna; gli sembrava di essere una grande farfalla notturna attratta da un lume. E scambiava questa sua gioia di rivedere fra pochi attimi Agnese con la gioia del dovere di andare a salvarla.

Tutta la dolcezza dell'erba del prato, tutta la tenerezza del chiarore della luna gli bagnavano l'anima, gliela imbiancavano, gliela coprivano di rugiada, attraverso le sue nere vesti di morte.

Agnese, piccola padrona! Sì, era piccola, debole come una bambina; era sola, senza padre, senza madre, nel labirinto di pietre di quella sua casa oscura.

Ed egli aveva abusato di lei, l'aveva presa entro il suo pugno come un uccellino dal nido, stringendola fino a spremere il sangue vivo del suo corpo.

Affrettò il passo. No, non era un vile; eppure inciampò, sul primo degli scalini sotto la porta, ed ebbe l'impressione che la pietra stessa della soglia di lei lo respingesse: poi salì; salì piano piano, sollevò il battente freddo, lo lasciò ricadere timidamente.

E si sentì quasi umiliato perché tardavano ad aprire; ma per nulla al mondo avrebbe picchiato una seconda volta.

Finalmente la lunetta a vetri sopra la porta s'illuminò, e la serva nera venne ad aprire, introducendolo subito nella stanza ch'egli ben conosceva.

Tutto era come nelle altre notti, quando Agnese lo faceva entrare furtivamente dall'orto; e l'uscio sull'orto era socchiuso e dal filo dell'apertura entrava l'odore dei cespugli bagnati di luna.

Le teste imbalsamate dei cervi e dei daini, sulle pareti illuminate dal chiarore fermo della lampada, parevano affacciate a spiare, coi loro lucidi occhi neri di vetro, ciò che accadeva nella stanza: d'insolito c'era l'uscio verso le stanze interne spalancato; la serva era andata là dentro, e si sentivano i pavimenti di legno scricchiolare al suo passo: poi fu silenzio; poi d'improvviso un uscio si sbatté violentemente, come spinto da un impeto di vento: all'urto i pavimenti ondularono, tutta la casa parve tremare; ed egli provò un senso di angoscia nel veder subito dopo il viso pallido di Agnese rigato di strisce di capelli neri in disordine, emergere dall'ombra delle stanze buie come quello di una naufraga.

Ma presto tutta la piccola persona nera di lei fu nella luce della stanza ed egli respirò di sollievo.

Ella chiuse l'uscio dietro di sé e vi si appoggiò con le spalle, a testa bassa; e parve dovesse scivolare sul pavimento e cadere.

Egli le fu davanti, in punta di piedi: tese le mani ma non osò toccarla.

– Come sta? – domandò, sottovoce, come nei passati convegni. – Agnese, – aggiunse dopo un momento di angoscioso silenzio, poiché lei non rispondeva, ma tremava tutta appoggiando le mani all'indietro sull'uscio per sostenersi, – bisogna essere forti.

Ma, come nel leggere il Vangelo sopra la fanciulla indemoniata, sentì il suono falso delle sue parole; e abbassò gli occhi, mentre lei sollevava i suoi smarriti ancora eppure sfolgoranti di sdegno e di gioia.

– Perché è venuto, allora?

– Mi dissero che stava male.

Ella si drizzò, fiera, si tolse con le mani il velo dei capelli dal viso.

– Io sto bene, e non ho mandato nessuno a chiamarla.

– Lo so. Ed io sono venuto egualmente: non c'era ragione perché non dovessi venire. E sono contento che la sua domestica abbia esagerato e che lei stia bene.

– No, – ella insisteva, mentr'egli parlava, – io non ho mandato a chiamarla e lei non doveva venire. Ma poiché è qui... poiché è qui, voglio domandarle perché ha fatto così. Perché? Perché?

Gemiti striduli le troncavano la parola: tornò a piegarsi, con le mani che cercavano un sostegno; ed egli ebbe paura, si pentì di essere venuto. La prese per la mano e la condusse al canapè, dove si mettevano le altre sere: la fece sedere all'angolo ove il peso delle altre donne della famiglia di lei aveva scavato una specie di nicchia; e le sedette accanto, ma le lasciò la mano.

Aveva paura a toccarla: gli pareva una statua ch'egli avesse rotto e ricomposto e stesse lì in apparenza intatta ancora ma pronta a ricadere in frantumi al minimo urto. Per questo aveva paura a toccarla; pensava: "Meglio così, sono salvo", ma in fondo sentiva che da un momento all'altro poteva perdersi ancora e ch'era per questo che aveva paura a toccarla.

Guardandola bene, sotto la luce diretta della lampada, la vedeva ben diversa dal solito: la bocca s'era sfatta e la pelle delle labbra, d'un color rosa grigiastro, ricordava i petali appassiti delle rose; l'ovale del viso s'era allungato, gli zigomi si sporgevano sotto le occhiaie livide. In un solo giorno il dolore l'aveva invecchiata di vent'anni; ma qualche cosa d'infantile era ancora nell'espressione della bocca tremante sopra i denti stretti a rattenere il pianto, e nelle piccole mani di cui una, abbandonata dolente sulla stoffa scura del canapè, attirava quella di lui. Ed egli sentiva rabbia di non poterla riprendere, la piccola mano triste, e di riallacciare subito la catena rotta delle loro vite.

Ricordava le parole dell'indemoniato a Cristo: «Che c'è tra me e te?».

E ricominciò a parlarle stringendosi l'una con l'altra le mani come per impedir loro di riprendere quella di lei; ma continuava a sentire il suono falso delle sue parole, e come quella mattina in chiesa e nel leggere il Vangelo e nel porgere il Viatico al vecchio cacciatore, sapeva di mentire.

– Agnese, mi ascolti. Ieri sera eravamo sull'orlo dell'abisso: Dio ci aveva abbandonati a noi stessi, e noi ci lasciavamo andare giù nel precipizio. Ma adesso Dio ci ha ripreso per mano e ci guida. Bisogna stare in alto, Agnese, Agnese, – ripeté pronunziando con intensità quel nome – tu credi che io non soffra? Mi sembra di essere sepolto vivo, e che il mio supplizio debba durare tutta l'eternità: ma è necessario che sia così; per il tuo bene, per la tua salvezza. Ascoltami, Agnese; sii forte. Per lo stesso amore che ci ha unito, per lo stesso bene che Dio ci fa nel metterci a questa prova. Tu mi dimenticherai, tu guarirai, sei tanto giovane; la vita è ancora intatta davanti a te; ti parrà, ricordandoti di me, di aver sognato un brutto sogno; di esserti smarrita nella valle e di aver trovato un cattivo essere che cercava di farti del male: ma Dio ti ha salvato, perché meritavi di essere salvata. Tutto ti sembra nero, adesso, ma fra poco, vedrai, tutto ritornerà chiaro, e sentirai quanto bene ti faccio, adesso, causandoti un po' di dolore momentaneo, come si fa coi malati coi quali bisogna essere crudeli...

Non proseguì, vinto da un senso di gelo. Agnese s'era di nuovo rianimata; s'era sollevata rigida nel suo angolo e lo fissava con gli occhi un po' vitrei come quelli dei daini sulle pareti. Ed egli ricordava gli occhi delle donne in chiesa quando egli faceva il sermone.

Agnese parve aspettare ch'egli continuasse; e c'erano pazienza e mansuetudine nel suo atteggiamento, ma pronte a sparire al minimo urto; infatti, poiché egli non proseguiva, ella disse sottovoce, scuotendo la testa in segno di diniego: – No, no, la verità non è questa.

Ed egli si protese verso di lei con viso ansioso.

– Qual è dunque la verità?

– Perché non parlavi così ieri sera? E le altre sere? Perché la verità era allora un'altra. Adesso qualcuno ti ha scoperto, forse tua madre stessa, e tu hai paura del mondo. Non è la paura di Dio che ti spinge a lasciarmi.

Egli ebbe voglia di gridare, di batterla. Le afferrò la mano e le torse un poco il polso sottile: così avrebbe voluto torcere e troncare le parole di lei. Poi si tirò indietro e si sollevò.

– E sia! E ti pare nulla? Sì, mia madre si è accorta di tutto, e mi ha parlato come la mia coscienza stessa. E tu, e tu la coscienza non ce l'hai? Ti pare giusto che noi dobbiamo fare del male a chi vive solo di noi? Tu volevi che noi si fuggisse, si vivesse assieme; ed era giusto, questo, se non potevamo rinunziare ad amarci; ma poiché esistono delle creature che la nostra fuga e il nostro peccato stroncherebbero, è necessario sacrificarsi per loro.

Ma ella pareva non ascoltasse che qualche parola staccata di lui; e continuava ad accennar di no con la testa.

– La coscienza? Certo, ce l'ho anch'io: non sono più una bambina; e la mia coscienza mi dice che ho fatto male a darti ascolto, ad accoglierti qua dentro. Ma adesso come si fa? Adesso è troppo tardi. Perché Dio non ti ha illuminato prima? Sono forse venuta io, nella tua casa? Sei venuto tu, nella mia, e mi hai preso come una bambina al gioco. E adesso, come devo fare? Dillo tu, come devo fare. Io non posso dimenticarti, non posso cambiarmi come ti cambi tu. Io voglio andarmene lo stesso, anche se tu non vieni; voglio cercare di dimenticarti. Voglio andarmene... oppure...

– Oppure?

Agnese non rispose: si rannicchiò nel suo angolo e rabbrividì. Qualche cosa di tenebroso, l'ala nera della follia, dovette sfiorarla, perché gli occhi le si velarono, e con la mano fece un gesto istintivo, come per scacciare davanti a sé un'ombra: ed egli tornò a piegarsi verso di lei quasi bocconi sul canapè, e strappò i fili della vecchia stoffa con l'impressione di graffiare un muro che gli sorgeva davanti e lo soffocava.

Non poteva più parlare. Sì, aveva ragione lei: la verità non era quella che egli cercava di farle intendere, la verità era quel muro che lo soffocava e che egli non sapeva abbattere. Balzò, preso da un reale senso di soffocamento.

Fu adesso lei ad afferrargli la mano e stringergli le dita con le sue divenute uncini.

– Dio, – mormorò, mentre con l'altra mano si copriva gli occhi, – Dio, se esiste, non doveva permettere d'incontrarci, se era per dividerci. E se tu sei tornato, stasera, è perché mi vuoi bene sempre. Tu credi che io non lo sappia? Lo so, lo so. La verità è questa.

E sollevò il viso verso di lui, con la bocca tremante, le ciglia, fra dito e dito, che si sbattevano imperlate di lagrime.

Egli vide come un tremolio d'acqua profonda, che abbagliava e attirava, in quel volto che non era più il volto di una donna, né quello di Agnese, ma il volto stesso dell'amore: e le ricadde accanto e la baciò sulla bocca.

E gli parve davvero di cadere lentamente, attortigliato da un vortice in una profondità liquida luminosa, in un luogo sottomarino vertiginoso d'iridescenze.

Poi risalì a galla, staccandosi dalla bocca di lei, e si trovò come il naufrago sulla sabbia: stroncato, pieno di terrore e di gioia, ma più terrore che gioia.

E l'incanto che gli era parso rotto per sempre, e appunto per questo più bello, ricominciò.

Sentì di nuovo il soffio della voce di lei.

– Sai, sai, io sapevo che saresti tornato...

Non volle sentire altro, come nella casa di Antioco, quando parlava la serva: le mise una mano sulla bocca, mentre ella gli appoggiava la testa sulla spalla, e poi le accarezzò lieve i capelli che il riflesso della lampada indorava; così piccola, così abbandonata sopra di lui, ecco dunque ella aveva la potenza terribile di trascinarlo in fondo al mare, di sollevarlo sull'abisso del cielo, di fare di lui un essere senza volontà. Mentre lui fuggiva per la valle e per l'altipiano, ella, chiusa nella sua prigione, lo aspettava e sapeva che sarebbe tornato.

– Sai, sai...

Ella cercava di parlare ancora; il soffio della sua bocca gli correva intorno al collo come un laccio. Egli le rimise la mano sulla bocca ed ella con la sua ve la premette forte. Stettero così, in silenzio, in attesa: poi egli si riprese, tentò di ritornare padrone della sua sorte. Sì, era tornato, ma non più quale lei lo aspettava. E continuava a guardarle i capelli dorati, ma come una cosa lontana, come il tremolio fulgido del mare dal quale era scampato.

– Adesso sei contenta, – mormorò – sono qui, sono tornato e sono tuo per la vita. Ma tu devi essere calma; mi hai fatto tanta paura. Non devi agitarti, non devi per nulla interrompere la linea della tua vita. Io non ti darò più nessun dolore, ma tu devi promettermi di essere calma, buona, così come adesso.

Sentì le mani di lei tremare, agitarsi fra le sue: capì che ella già ricominciava a ribellarsi; gliele strinse forte; così avrebbe voluto tenerle ferma prigioniera l'anima.

– Buona, Agnese! Ascoltami: tu non saprai mai quello che io ho sofferto, oggi; ma era necessario. Mi sono tolto di dosso tanta scorza impura, mi sono scorticato a sangue; adesso sono qui, tuo, sì, come Dio vuole che io sia tuo, tutto anima.

– Vedi, – riprese lentamente, stentatamente, come scavando le parole dal suo più profondo interno, e porgendogliele: – ho l'impressione che ci siamo amati da anni ed anni; che tutto abbiamo goduto e sofferto l'uno per l'altro, fino all'odio, fino alla morte. E tutte le tempeste del mare, tutta la sua implacabile vita è dentro di noi. Ci sbattiamo e sbattiamo e siamo sempre dentro di noi. Agnese, anima mia, che cosa vuoi da me più di quello che posso darti: l'anima mia?

D'un tratto tacque. Sentì ch'ella non capiva. Non poteva capire. E la vedeva sempre più distaccata da lui, come la vita dalla morte: ma appunto per questo sentiva di amarla ancora, anzi sempre più, come la vita chi muore.

Piano ella sollevò la testa, e cercò con gli occhi ridivenuti ostili gli occhi di lui.

– Tu pure ascoltami, – disse – non ingannarmi più. Dobbiamo o no andar via, come ieri notte s'era combinato? Così non si può vivere, qui, in questo modo. Lo so.

– Lo so! – riprese, irritandosi, dopo un momento di penoso silenzio. – Se si ha da vivere assieme partiamo subito, stanotte stessa. Ho i denari, lo sai: li ho, sono miei. E tua madre, e i miei fratelli, e tutti ci scuseranno, dopo, quando vedranno che noi abbiamo voluto vivere nella verità. Così no, certo, così non si può vivere più.

– Agnese!

– Rispondimi subito; ebbene, lascia stare le altre parole.

– Io non posso fuggire con te.

– Ah, e allora perché sei tornato? Lasciami, vattene. Lasciami!

Egli non la lasciava. La sentiva fremere tutta; aveva paura di lei; e poiché la vide piegarsi sulle loro mani unite ebbe l'impressione che volesse morderlo.

– Vattene, vattene, – ella insisteva – non sono io che ti ho mandato a chiamare. Giacché bisogna essere forti, perché sei tornato? Perché mi hai baciata ancora? Ah, se tu credi di poterti prendere gioco di me ti sbagli; se tu credi di poter venire qui la notte, e di giorno scrivermi lettere umilianti, ti sbagli. Come sei tornato stanotte, tornerai domani notte e poi ogni notte ancora. E finirai col farmi impazzire. Ma io non voglio, no, non voglio!

– Bisogna essere puri e forti, dici tu, – riprese ancora, mentre il viso invecchiato e tragico le si sbiancava mortalmente, – ma lo dici solo adesso. Mi fai orrore. Vattene lontano, sai, questa notte stessa. Ch'io domani mi svegli e non abbia più il terrore di aspettarti e di essere umiliata così.

– Dio, Dio! – egli gemette, piegandosi sopra di lei. Ma ella lo respingeva, oramai.

– Credi di parlare con una bambina? Sono vecchia; mi hai fatto invecchiare tu, in poche ore. La linea dritta della vita! Ah, sarebbe quella di continuare la tresca così, di nascosto, vero? Di trovarmi uno sposo, io; di far celebrare le mie nozze da te... e continuare a vederci, e ingannare tutti per tutta la vita? Va', va', tu non mi conosci, se credi questo. Tu ieri notte dicevi: «Sì, andiamo via; io lavorerò, saremo sposi». Hai detto questo? Lo hai detto? E questa notte invece vieni a parlarmi di Dio e di sacrifizio. E allora sia finita. Lasciamoci; ma tu, ripeto, devi andar via dal paese questa notte stessa. Io non voglio vederti più. Se tu domani mattina celebri ancora la messa nella nostra chiesa io vengo, e dall'altare dico al popolo: questo è il vostro santo, che di giorno opera i miracoli e la notte va dalle ragazze sole per sedurle.

Egli tentò di chiuderle ancora la bocca con la mano: e poiché ella continuava a ripetere ad alta voce «Vattene, vattene», le afferrò la testa, se la strinse al petto, guardò spaurito verso gli usci chiusi. Ricordava le parole della madre, la voce che risonava misteriosa nel buio: «L'antico parroco s'è seduto accanto a me e disse: "Caccerò presto via te e tuo figlio dalla parrocchia".».

– Agnese, Agnese, tu deliri – le gemette sul collo, mentr'ella si scuoteva per sfuggirgli. – Calmati, ascoltami; nulla è perduto. Non senti come ti amo? Mille volte più di prima. E non me ne andrò, no. Voglio starti vicino per salvarti: per offrirti l'anima mia come la offrirò a Dio nell'ora della morte. Che ne sai tu di quello che ho sofferto da ieri notte a quest'ora? Fuggivo e ti portavo con me: fuggivo come uno che ha il fuoco addosso e correndo crede di liberarsene mentre la fiamma lo avvolge di più. Dove non sono stato, oggi? Cosa non ho fatto oggi per non tornare qui? Invece eccomi qui; sono qui, Agnese, come posso non essere qui? Mi senti? Io non ti tradisco, non ti dimentico; non voglio dimenticarti. Ma bisogna restare puri, Agnese; bisogna conservarlo per l'eternità l'amor nostro, confonderlo con le cose migliori della vita, col dolore, con la rinunzia, con la morte stessa, cioè con Dio. Le intendi queste cose, Agnese? Sì, che le intendi, sì: dimmelo.

Ella lo respingeva: pareva volesse sfondargli il petto con la testa; finché riuscì a svincolarsi e tornò ad ergersi sul busto, rigida, coi bei capelli di raso attortigliati come nastri intorno al volto duro.

La bocca chiusa, le palpebre abbassate, pareva si fosse d'improvviso addormentata di un sonno austero pieno di un sogno di vendetta. Ed egli ebbe più paura di quel silenzio e di quell'immobilità che delle parole insensate e dei moti convulsi di lei.

Le riprese le mani, gliele strinse fra le sue: ma erano, tutte e quattro, mani oramai morte alla gioia, alla stretta d'amore.

– Agnese, vedi che mi dai retta? Sei buona, tu; adesso andrai a riposarti, e domani ricomincerà per tutti una vita nuova. Ci vedremo lo stesso, sempre che tu vorrai: sarò il tuo amico, il tuo fratello, ci sosterremo a vicenda. La mia vita è tua: disponi di me come tu vuoi. Fino all'ora della morte sarò con te, e al di là ancora, per l'eternità.

Quel tono di preghiera la irritò di nuovo. Torse un poco le sue mani entro quelle di lui, mosse le labbra per parlare, poi, come egli la lasciava libera, raccolse le mani sul grembo, reclinò la testa: e tutto fu dolore, ma ormai dolore fermo, disperato, sul viso di lei.

Egli non cessava di guardarla, come si guarda un moribondo, e la sua paura cresceva: le scivolò ai piedi, le pose la fronte sul grembo, le baciò le mani; non gli importava più che potessero vederlo, che potessero sentirlo: era lì, ai piedi della donna e del dolore di lei come Gesù deposto sul grembo della Madre.

Gli sembrava di non essersi mai sentito così puro, così morto alla vita terrena; tuttavia aveva paura.

Agnese rimaneva immobile con le mani fredde, insensibile a quei baci di morte: egli si sollevò e ricominciò a mentire.

– Ti ringrazio, Agnese. Così va bene, così sono contento. La prova è superata. Adesso sta' su, tranquilla. Adesso vado. Domani mattina – aggiunse sottovoce, chinandosi timido – verrai alla messa e offriremo assieme il sacrifizio nostro a Dio.

Ella riaprì gli occhi, lo guardò, li richiuse: pareva ferita a morte, e che i suoi occhi si fossero spalancati un'ultima volta, supplichevoli e minacciosi, prima di chiudersi per sempre.

– Tu questa notte te ne andrai lontano, che io non ti veda più – disse scandendo le sillabe; ed egli pensò che, almeno per il momento, era inutile combattere contro quella forza cieca.

– Io non posso andarmene così – mormorò. – Domani mattina celebrerò la messa, e tu verrai ad ascoltarla: dopo, se sarà necessario, me ne andrò.

– Io verrò, domani mattina, e ti accuserò al popolo.

– Se tu farai questo è segno che Dio lo vuole. Ma tu non lo farai, Agnese. Tu puoi odiarmi, ma io ti lascio in pace. Addio.

Ma non se ne andava. Rigido, la guardava dall'alto; e i capelli di lei, molli, lucenti anche nell'ombra, i dolci capelli che egli amava e che tante volte avevano attirato le palme delle sue mani, gli destavano pietà: gli sembravano la benda nera con la quale si fasciano le ferite alla testa.

La chiamò un'ultima volta: – Agnese?

– È possibile che ci lasciamo così? – aggiunse. – Dammi la mano, alzati: aprimi la porta.

Ella si alzò e parve obbedire; ma non gli porse la mano, e andò dritta verso l'uscio dond'era venuta.

Là si fermò, aspettando.

"Che posso fare?" egli domandò a se stesso. E sapeva bene che non c'era che un mezzo per placarla: ricaderle ai piedi, peccare e perdersi con lei.

Ed egli non voleva, non voleva più. Rimase fermo al suo posto e abbassò gli occhi per sfuggire allo sguardo di lei. Quando tornò a sollevarli, ella non c'era più: scomparsa, ingoiata dal buio della sua casa silenziosa.

Dall'alto delle pareti gli occhi di vetro dei cervi e dei daini lo guardavano con tristezza ma anche con derisione. E in quel momento di attesa, solo nella grande stanza melanconica, egli sentì tutta la sua miseria e la sua umiliazione: gli sembrò di essere un ladro, peggio che un ladro, un ospite che ruba profittando della solitudine della casa amica.

E abbassò ancora gli occhi per sfuggire anche allo sguardo delle teste sul muro; ma non esitò un momento, e anche se il grido di morte della donna avesse riempito d'orrore il silenzio della casa, egli non si sarebbe più pentito di averla respinta.

Attese ancora qualche minuto. Nessuno compariva. E gli pareva d'essere in mezzo al mondo morto dei suoi sogni e dei suoi errori, in attesa di qualcuno che lo aiutasse ad uscirne. Nessuno compariva. Allora andò alla porta sull'orto, attraversò il vialetto lungo il muro, sotto l'ombra nera dei fichi, e uscì per la porticina che ben conosceva.

Eccolo di nuovo su per la scaletta buia; ma il pericolo era superato o almeno la paura del pericolo.

Eppure si fermò davanti all'uscio della madre pensando ch'era bene riferirle subito l'esito del colloquio e la minaccia di Agnese:

ma ne sentì il russare sbuffante e andò oltre. Dormiva, la madre, perché oramai era sicura di lui e lo sentiva salvo.

Salvo! Si guardò attorno, nella sua camera, come fosse tornato davvero da un viaggio disastroso: tutto era ordinato e quieto, ed egli cominciò a spogliarsi movendosi in punta di piedi, deciso a non rompere più quell'ordine, quel silenzio.

Ed ecco le sue vesti pendono dall'attaccapanni, più nere della loro ombra sulla parete; ecco il cappello in cima sopra un collo sottile di legno che si sporge in avanti, e le maniche della sottana floscia che si abbandonano giù con stanchezza.

E tutto quel fantasma scuro e vuoto, come spolpato e dissanguato da un vampiro, gli destava quasi paura; gli sembrava l'ombra dell'errore dal quale s'era liberato ma che lo aspettava per riaccompagnarlo il giorno dopo per le vie del mondo.

Un attimo; e si accorse con terrore che ricadeva nell'incubo. Non era salvo ancora: bisognava attraversare un'altra notte, come un ultimo tratto di mare burrascoso.

Era stanco, le palpebre gli si chiudevano pesanti, ma un'angoscia indefinita gl'impediva di buttarsi sul letto, e persino di sedersi, di riposarsi in qualche modo.

E continuava ad andare qua e là, indugiandosi a fare delle piccole cose insolite, ad aprire piano piano i cassetti, a guardare che cosa c'era dentro.

Passando davanti allo specchio si guardò, si vide grigio in viso, con le labbra violacee e gli occhi infossati. – Guardati bene, Paulo – disse alla sua immagine, e si scostò un poco perché il chiarore della lampada battesse meglio sullo specchio. Anche la figura dentro si scostava, pareva volesse sfuggirlo; ed egli la fissava, ne vedeva le pupille dilatate e provava una strana impressione, gli pareva che il vero Paulo fosse quello, un Paulo che non mentiva, che rivelava nel pallore del suo viso tutta la sua paura del domani.

"Perché io invece fingo a me stesso una tranquillità che non sento? Bisogna partire questa notte stessa, come lei vuole."

E andò, un poco più calmo, a buttarsi sul letto.

Allora, a occhi chiusi, col viso affondato sul guanciale, credette di veder meglio dentro la sua coscienza.

“Sì, bisogna partire questa notte stessa. Cristo medesimo impone di evitare gli scandali. È bene svegliare mia madre, avvertirla, possibilmente partire assieme, che ella mi riporti una seconda volta con sé, come da bambino, e che io possa ricominciare una nuova vita.”

Ma sentiva che tutto questo era esaltazione; che non aveva il coraggio di fare quanto pensava.

E perché poi? In fondo era certo che Agnese, a sua volta, non avrebbe tenuto la minaccia. Perché dunque andarsene? Neppure il pericolo di tornare da lei e di perdersi con lei lo minacciava più: ormai aveva superato la prova.

Ma l’esaltazione lo riprendeva.

“Eppure devi andartene, Paulo; sveglia tua madre e partite assieme. Non senti chi è che ti parla? Sono io, sono Agnese. Tu credi davvero che io non terrò la minaccia? Non la terrò forse, eppure ti dico lo stesso di andartene. Tu credi di esserti staccato da me? Ed io sono dentro di te, sono il mal seme della tua vita. Se tu resterai qui non ti abbandonerò un istante; sarò l’ombra sotto i tuoi piedi, il muro fra te e tua madre, fra te e te stesso. Vattene.”

Ed egli cercava di placarla, per placare la sua coscienza.

“Vado, sì, non senti? Vado, andiamo assieme, tu dentro di me, più viva di me: placati, non tormentarmi più; siamo assieme, viaggiamo assieme, trasportati dal tempo verso l’eternità. Divisi e lontani eravamo quando i nostri occhi si guardavano e le nostre bocche si baciavano: divisi e nemici: solo adesso comincia la nostra vera unione, nell’odio tuo, nella mia pazienza, nella mia rinunzia.”

Poi la stanchezza cominciò a vincerlo. Sentiva un gemito continuo, sommesso, fuori della sua finestra, come d’una colomba in cerca del suo compagno. E quel lamento di dolore e di voluttà gli sembrava il gemito stesso della notte; notte bianca di luna, ma di un biancore molle, velato, col cielo tutto sparso di piccole nuvole simili a piume: poi s’accorse ch’era lui a gemere; ma il sonno già lo placava: la paura, il dolore, i ricordi, si allontanavano. Gli sembrò di viaggiare davvero, a cavallo, su per il sentiero dell’altipiano: tutto era quieto, chiaro; attraverso i grandi ontani gialli s’intravedevano radure coperte d'erba di un verde tenero che riposava lo sguardo; le aquile, ferme sopra le rocce, fissavano il sole.

D'un tratto la guardia campestre gli si fece davanti; salutò e gli mise un libro aperto sull'arcione.

Ed egli riprese a leggere l'Epistola di San Paolo ai Corinti, nel punto preciso dove l'aveva lasciata la notte avanti. «Il Signore conosce i pensieri dei savi e sa che son vani, ecc.»

La domenica la messa era più tardi degli altri giorni, ma egli si recava in chiesa di buon'ora, per confessare le donne che poi volevano fare la comunione.

La madre, dunque, lo chiamò all'ora solita.

Egli dormiva da alcune ore, di un sonno pesante, cieco. Si svegliò senza ricordarsi di nulla, ma con un torbido desiderio di riaddormentarsi subito: i colpi all'uscio insistevano, ed egli ricordò.

Fu subito in piedi, rigido di paura.

"Agnese verrà in chiesa e mi accuserà al popolo."

Non sapeva perché, durante il sonno la certezza ch'ella terrebbe la minaccia aveva messo radici entro di lui.

Si abbatté sulla sedia, con un senso d'impotenza, con le ginocchia morte. Una nebbia confusa gli velava la mente; pensava che era ancora a tempo a evitare lo scandalo: poteva fingersi malato e non celebrare la messa; e intanto guadagnar tempo e tentare di placare Agnese; ma la sola idea di ricominciare il dramma, di rientrare nella miseria del giorno avanti, accresceva la sua angoscia.

Si sollevò e gli parve di dar contro al cielo con la fronte, attraverso i vetri della finestra.

Batté i piedi sul pavimento, per scuotersi dal formicolio che fermava il suo sangue; poi si vestì, stringendosi forte la cinghia alla vita e avvolgendosi bene nelle sue vesti come aveva veduto i cacciatori stringersi la cartucciera e avvilupparsi bene nel cappotto per andare sulla montagna.

Quando infine spalancò la finestra e vi si sporse gli parve di riaprire finalmente gli occhi alla luce del giorno, dopo l'incubo notturno; di essere finalmente uscito dalla prigione di se stesso e di rifar pace con le cose esterne; ma era una pace forzata, piena di rancore nascosto; e bastò ch'egli si ritraesse, passando dall'aria fresca dell'esterno all'aria calda e profumata della sua camera, perché l'angoscia lo riafferrasse, ricacciandolo dentro se stesso.

Allora fuggì di nuovo, pensando che cosa doveva dire alla madre.

Sentiva la voce un po' roca di lei scacciare le galline che tentavano d'invadere la saletta da pranzo; e il loro svolazzare lento: e l'odore del caffè bollito e della fresca erba di fuori.

Nel viottolo sotto il ciglione tremolava un tintinnio di capre avviate al pascolo; e pareva un'eco infantile dello scampanio monotono eppure lieto col quale Antioco su dalla torre della chiesetta invitava la gente a svegliarsi e ad andare alla messa.

Tutto era tranquillo, tenero, soffuso del chiarore rosato dell'aurora. Egli ricordò il suo sogno.

Nulla gl'impediva di uscire, di andare in chiesa e ricominciare la sua vita. Eppure ecco che di nuovo aveva paura: paura di andare avanti, di tornare indietro; gli sembrava di essere, sulla pietra della sua soglia, come sul vertice di una montagna: più su non poteva andare, più giù si spalancava l'abisso. Momento indicibile, durante il quale egli sentì il suo cuore rombargli dentro ed ebbe l'impressione fisica di essere davvero affacciato ad una voragine in fondo alla quale si sbatteva, nel gorgo schiumante di una fiumana, una ruota che girava così, per nulla, sforzandosi solo a macerare l'acqua che proseguiva il suo corso.

Era il suo cuore che roteava così, inutilmente, nel gorgo della vita. Chiuse la porta, tornò indietro e sedette sulla scaletta, come la madre la notte avanti: rinunziava a risolvere il suo problema, ma aspettava che qualcuno venisse ad aiutarlo.

Fu la madre che lo trovò così: nel vederla si alzò subito già rincorato, ma già anche umiliato in fondo alla sua coscienza tanto era certo del consiglio di lei di proseguire per la via scelta.

Eppure sulle prime vide il viso rude di lei sbiancarsi, quasi affinarsi nell'angoscia.

– Paulo! Perché stavi così? Ti senti male?

– Mamma, – egli disse, avviandosi alla porta senza voltarsi, – non vi ho voluto svegliare, ieri notte. Era tardi. Dunque sono stato là. Sono stato là.

La madre lo guardava, già ricomposta in viso. Nel silenzio breve che seguì alle parole di lui si sentì la campana suonare più rapida e insistente, come sopra la casa.

– Ella sta bene; solo è agitata e pretende che io lasci subito il paese; altrimenti minaccia di venire in chiesa e fare uno scandalo denunziandomi al popolo.

La madre taceva, ma egli se la sentiva alle spalle, ferma e dura, che lo reggeva, su, su, come ai primi passi.

– Voleva che partissi questa notte stessa... E... disse che altrimenti sarebbe venuta questa mattina in chiesa... Io non ho paura di lei; del resto credo che non verrà.

Riaprì la porta: una rete di chiarore argenteo tremolò nell'ingresso grigio, parve pescar lui e la madre e tirarli fuori nella luce.

Egli s'avviò verso la chiesa senza voltarsi; la madre rimase davanti alla porta a guardarlo allontanarsi.

Non aveva aperto labbra, ma un tremito lieve tentava nuovamente di scomporle il mento volontario. D'un tratto salì nella sua cameretta e si vestì in fretta per andare anche lei in chiesa: e anche lei si stringeva la cintura e camminava forte; prima di avviarsi non dimenticò di ricacciar via le galline, di tirare indietro sul fuoco la caffettiera, di chiudere le porte; infine si cinse bene sul mento e sulla bocca il lembo della sciarpa perché il tremito, per quanti sforzi ella facesse per frenarlo, le durava ancora.

Così salutò con gli occhi le donne che salivano dal paesetto e i vecchi già fermi davanti al parapetto dello spiazzo con le punte dei cappucci neri dritte sul cielo rosa dell'orizzonte.

Egli intanto era già entrato in chiesa.

Alcune penitenti sollecite aspettavano già, aggruppate intorno al confessionale, anzi, quella ch'era giunta prima aveva già preso posto sul predellino mentre le altre attendevano il loro turno.

Anche alcuni ragazzi mattinieri facevano ghirlanda a Nina Masia inginocchiata per terra sotto la pila dell'acqua santa, ch'ella sembrava reggere con la sua testina diabolica: ed il prete urtò contro di loro, col suo andare distratto, irritandosi tosto nel riconoscere la ragazzina, che la madre aveva a bella posta collocato lì perché tutti la guardassero. Gli sembrò di trovarsela sempre fra i piedi come un inciampo e un rimprovero.

– Levatevi subito di qui – disse con una voce forte che echeggiò in tutta la chiesetta: e subito la ghirlanda dei ragazzi si allargò, si spostò, portandosi un poco più in là, sempre con Nina Masia in mezzo, ma disponendosi intorno a lei in modo da lasciarla vedere da tutti quelli che erano in chiesa.

Tutte le donne volgevano la grossa testa verso di lei senza smettere di pregare; e pareva fosse lei l'idolo della piccola chiesa barbara inondata dall'odore selvatico dei paesani e dal pulviscolo roseo del mattino campestre.

Egli andò dritto; ma la sua angoscia aumentava. Sfiorò con la veste la panca ove Agnese era solita inginocchiarsi: un'antica panca di famiglia con l'inginocchiatoio intagliato; e ne misurò con gli occhi e poi coi passi la distanza dall'altare.

"Nel vederla alzarsi per eseguire il suo funesto progetto io avrò tempo di ritirarmi in sagrestia."

E nell'entrare in sagrestia rabbrividì. Antioco era sceso di corsa dal campanile, per aiutarlo a vestirsi, e lo aspettava con l'armadio aperto, serio in viso, più pallido del solito, quasi tragico: pareva già tutto compreso della sua futura missione, quale gli era stata predicata la sera avanti; ma la maschera gli tremava sul viso fresco dell'aria del campanile, e sotto le palpebre abbassate gli occhi scintillavano di gioia, e sotto le labbra chiuse i denti si serravano per frenare il riso. Il cuore gli batteva, con dentro tutta la luce, i pispigli, la letizia di quel mattino di festa. D'un tratto, però, mentre accomodava sul polso del prete il merletto del camice, sollevò gli occhi divenuti scuri: s'era accorto che la mano sotto il merletto tremava; e anche il viso venerato era pallido e sconvolto.

– Si sente male?

Si sentiva male, sì, il prete, sebbene accennasse di no: un fiotto di saliva salata gli riempiva la bocca e gli pareva sangue, ma in fondo al suo malessere germogliava una speranza.

"Cadrò morto; mi si romperà il cuore, e tutto, almeno, sarà finito."

Ridiscese per confessare le donne, e vide sua madre in fondo alla navata, accanto alla porta.

Immobile e dura, ferma sulle sue ginocchia, pareva vigilasse l'ingresso della chiesa e la chiesa tutta, pronta a sostenerne anche il crollo, se fosse avvenuto.

Ma egli non si rincorava più; e, dentro, quel germoglio di speranza di morte cresceva, cresceva, gli stringeva le viscere, gli soffocava il cuore.

Quando fu nel confessionale si calmò un poco; gli sembrava di essere già dentro la tomba, ma almeno era nascosto e poteva guardare il suo orrore: e il bisbiglio lieve delle donne dietro la grata, sospinto dai loro sospiri e dal loro alito caldo, gli pareva il fruscio delle erbe del ciglione mosse dal passaggio delle lucertole: e Agnese era di nuovo lì, chiusa in quel nascondiglio ove tante volte l'aveva portata con sé nel suo pensiero; l'alito delle donne giovani e l'odore dei loro capelli e dei loro vestiti di festa profumati di spigo attraversavano la sua angoscia e accrescevano la sua passione.

E le assolveva tutte, di tutti i loro peccati, pensando che fra poco anche lui si sarebbe forse presentato alla loro misericordia.

Poi fu ripreso dall'ansia di uscire, di vedere se Agnese era arrivata. La panca era vuota.

Forse ella non sarebbe neppure venuta. A volte però ella si metteva in fondo alla chiesa, appoggiata a una sedia che la serva le portava. Si volse, rivide solo la figura legnosa della madre: e inginocchiandosi per cominciare la messa gli sembrò che anche la sua anima si piegasse davanti a Dio, vestita della sua pena com'egli era vestito del camice e della stola.

Allora s'impose di non guardare più indietro, di chiudere gli occhi ogni volta che doveva volgersi per benedire. Aveva l'impressione di camminare, camminare, in salita, su per un calvario erto; e una lieve contrazione nervosa gli torceva la nuca ogni volta che doveva rivolgersi verso il popolo: allora chiudeva gli occhi, sì, come per non vedere l'abisso ai suoi piedi; ma attraverso le palpebre tremule la panca intagliata gli appariva ostinatamente, con la figura nera di Agnese, nera sullo sfondo grigio della chiesa.

E Agnese realmente era lì, vestita di nero, con un velo nero attorno al viso d'avorio: la fibbia dorata del suo libro di preghiere scintillava fra le dita nere delle sue mani inguantate; ed ella sembrava leggere ma non volgeva mai la pagina. La serva le stava inginocchiata accanto, per terra, con la testa di schiava rasente alla panca: ogni tanto volgeva gli occhi di cane fedele su verso il viso della padrona, quasi sapesse il tristo pensiero di lei e vigilasse.

Ed egli *vedeva* ogni cosa, su dall'altare; e non aveva più speranza, sebbene in fondo il cuore gli dicesse che non era possibile che Agnese mantenesse la sua folle minaccia.

Quando volse le pagine del Vangelo un singhiozzo nervoso gli ruppe le parole in bocca, e di nuovo si sentì tutto bagnato di sudore; dovette appoggiare la mano al libro perché gli sembrò di svenire.

Un attimo e si riprese.

Antioco lo guardava, accorgendosi dei progressi del male su quel viso che si decomponeva come quello di un cadavere; e gli stava vicino, pronto a sostenerlo, volgendo ogni tanto gli occhi verso i vecchioni le cui barbe si sporgevano attraverso la balaustrata, per osservare se qualcuno di loro si accorgeva del malessere del prete.

Nessuno se ne accorgeva. La madre stessa, ferma al suo posto, pregava e aspettava, senza vedere il male di lui.

E Antioco gli si accostava sempre più premuroso, tanto che egli se ne accorse e lo fissò spaurito. Il ragazzo rispose coi suoi occhi vividi, con un moto rapido delle palpebre, come per dirgli: «Sono qua io; vada avanti».

Ed egli andava avanti, su per l'erta del suo calvario: un po' di sangue gli rifluiva al cuore, i nervi gli si rallentavano; ma era tutto un disperato abbandono al pericolo, il distendersi del naufrago che non ha più forza di lottare contro le onde.

Volgendosi verso i fedeli non chiuse più gli occhi.

– Il Signore sia con voi.

Agnese era là, al suo posto, piegata a leggere la pagina che non volgeva mai: la fibbia dorata del suo libro scintillava nella penombra. La serva le si era accovacciata ai piedi, e anche tutte le altre donne, compresa la madre laggiù in fondo, sedevano per terra ripiegate sulle loro calcagna, ma lievemente, pronte a sollevarsi di nuovo sulle ginocchia appena il sacerdote avesse mosso il libro.

Ed egli mosse il libro e riprese le sue orazioni e i suoi gesti lenti: e quasi un senso di tenerezza lo vinceva, nella sua disperazione, pensando che Agnese lo accompagnava al suo calvario come Maria Gesù: che sarebbe fra pochi istanti salita sull'altare, che si sarebbero incontrati ancora una volta, in cima al loro errore, per espiare assieme come avevano peccato assieme.

Come poteva odiarla se ella portava con sé il suo castigo, se l'odio di lei era ancora amore?

Si comunicò, e il lieve sorso di vino gli colò davvero entro il petto come un rivolo di sangue: ecco, si sentì forte, rianimato, col cuore pieno della presenza di Dio.

E mentre scendeva verso le donne rivide emergente da un'onda di teste chine, la figura di Agnese, ferma sulla sua panca. Aveva chinato anche lei la testa sulle mani, e forse raccoglieva il suo coraggio, prima di muoversi; ed egli ne sentì d'un tratto una infinita pietà: avrebbe voluto scendere fino a lei, assolverla, porgerle la comunione come ad un'agonizzante. Aveva raccolto anche lui il suo coraggio; ma le sue dita tremavano nell'avvicinare la particola alla bocca delle donne.

Appena finita la comunione, un vecchio paesano intonò un canto religioso. I fedeli accompagnavano a mezza voce i versetti, e a voce spiegata ripetevano due volte l'antifona.

Era un canto primitivo e monotono, antico come le prime preghiere degli uomini nelle foreste appena abitate; antico e monotono come il battere delle onde al lido solitario; ma bastò quel mormorio attorno alla sua panca nera, perché Agnese avesse l'impressione di essere davvero a un tratto, dopo un'affannosa corsa notturna attraverso una foresta primordiale, sbucata in faccia al mare, sulle dune fiorite di gigli selvatici e indorate dall'aurora.

Qualche cosa le risaliva dalla profondità dell'essere; le viscere le si sollevavano fino alla gola: e tutto le si capovolgeva, intorno, come s'ella avesse da tanto camminato alla rovescia, con la testa in giù, e adesso riprendesse la sua posizione naturale.

Era tutto il passato suo e della sua razza, che le ritornava su, e la riprendeva, con quel canto di vecchi e di donne, con la voce della sua balia, dei suoi servi, degli uomini e delle donne che avevano fabbricato e arredato la sua casa e coltivato i suoi orti e tessuto la tela delle sue prime fasce.

Come poteva accusarsi davanti a quel popolo che la considerava ancora sua padrona, più pura ancora del prete sull'altare?

Allora anche lei sentì la presenza di Dio intorno e dentro di lei, nella sua stessa passione.

Sapeva bene che il castigo che voleva infliggere all'uomo col quale aveva peccato era castigo suo stesso; ma Dio misericordioso le parlava adesso con la voce grave dei vecchi, delle donne, dei fanciulli innocenti; e la metteva in guardia contro se stessa, le consigliava di salvarsi.

Tutti i suoi giorni solitari le sfilavano davanti, coi versi cantati dal suo popolo; si rivedeva bambina, poi fanciulla, poi donna, in quella stessa chiesa, su quella stessa panca nera consumata dalle ginocchia e dai gomiti dei suoi maggiori: la chiesa stessa apparteneva in qualche modo alla sua famiglia; era stata costrutta da una sua antenata, e il simulacro della Madonnina, la leggenda lo diceva ripreso ai pirati barbareschi e riportato al paesetto da un avo di lei.

Ella era nata e cresciuta fra queste leggende, in un'atmosfera di grandezza che la separava dal piccolo popolo di Aar, pur lasciandola in mezzo ad esso, chiusa in esso come la perla entro la rozza conchiglia.

Come poteva accusarsi al suo popolo?

Ma appunto questo suo sentirsi padrona anche del luogo sacro le rendeva più insopportabile la presenza dell'uomo ch'era stato suo pari nel peccato e adesso le si mostrava dall'alto mascherato di santità, coi vasi sacri in mano; alto e luminoso sopra di lei piegata ai suoi piedi colpevole di averlo amato.

Il cuore le si gonfiava di nuovo, d'ira e d'angoscia; e il canto del popolo le fremeva intorno tenebroso, come supplicante da un abisso, e le chiedeva salvezza e giustizia.

Dio adesso le parlava cupo e austero, imponendole di cacciare dal tempio il suo servo impostore.

Diventò pallida, fredda di un sudore mortale. Le ginocchia le tremavano contro la panca; ma non piegò giù la testa, ferma a guardare i movimenti del prete sull'altare. E sentiva come un soffio malefico uscirle di bocca, andare diritto a lui e investirlo, fasciarlo del gelo che avvolgeva lei.

Egli sentiva quel soffio di morte.

Come nelle mattine rigide di gennaio, aveva la punta delle dita ghiacciate; il tremito alla nuca lo scuoteva più forte.

Quando si volse per la benedizione, vide Agnese che lo guardava. I loro occhi s'incontrarono, in un baleno di luce, ed egli, come gli annegati che vanno a fondo, ricordò in quell'attimo tutta la gioia della sua vita, unica gioia tutta venuta dall'amore di lei, dal primo sguardo, dal primo bacio di lei.

La vide alzarsi col suo libro in mano.

– Dio mio, sia fatta la tua volontà – gemette inginocchiandosi; e gli parve di essere davvero nell'orto degli ulivi, sotto l'imminenza del destino inevitabile.

Pregava ad alta voce, ed aspettava; e tra il mormorio delle preghiere gli sembrava di sentire il passo di Agnese che si avanzava verso l'altare.

"Eccola... s'è alzata dalla panca, è nello spazio fra la panca e l'altare. Eccola... è lì che cammina: tutti la guardano. È lì alle mie spalle."

L'ossessione lo riprese così forte che la voce gli si fermò in gola. Vide Antioco, che già cominciava a spegnere i ceri, volgersi d'improvviso e guardare; e non ebbe più dubbio. Ella era lì, alle sue spalle, sui gradini dell'altare.

Si alzò; gli parve di toccare la volta con la testa e di sentirsi schiacciare; le ginocchia gli si piegavano di nuovo, ma con uno sforzo riuscì a risalire il gradino e ad andare verso l'altare per riprendere la pisside.

E volgendosi per rientrare in sagrestia vide Agnese che dalla sua panca s'era avanzata fino alla balaustrata e s'apprestava a salire i gradini.

"Dio, Signore, perché non mi hai permesso di morire?"

Egli piegò la testa sulla pisside; e parve esporre la nuca pallida al colpo di scure che doveva ferirlo.

Avanzandosi verso l'uscio della sagrestia vide però Agnese che si piegava anche lei, inginocchiandosi sul gradino sotto la balaustrata.

Ella aveva urtato col piede il primo gradino sotto la balaustrata e come se una muraglia le si fosse d'improvviso alzata davanti, si era piegata sulle ginocchia. Non poteva andare più oltre. Un fitto velo le offuscava gli occhi.

Solo dopo qualche momento rivide i gradini, il tappeto giallastro ai piedi dell'altare, l'altare fiorito e la lampada accesa.

Ma il prete era scomparso: al suo posto un raggio obliquo di sole attraversava l'aria e metteva una macchia d'oro sul tappeto.

Ella si fece il segno della croce, s'alzò e andò verso la porta. La serva la seguiva: i vecchi, le donne, i fanciulli si volgevano a guardarla e le sorridevano e la benedicevano con gli occhi, come la loro padrona, il loro simbolo di bellezza e di fede: tanto lontana da loro eppure in mezzo a loro e alla loro miseria come la rosa canina in mezzo al rovo.

Prima di uscire, la serva le porse con la punta delle dita l'acqua santa, e sulla porta si chinò per sbatterle con la mano la polvere del gradino dell'altare che le era rimasta sulla veste.

Nel sollevarsi vide il viso pallidissimo di Agnese rivolto verso l'angolo della chiesa ov'era la madre del prete: e questa che stava immobile, seduta contro la parete, con la testa piegata sul petto, e pareva facesse forza a reggere appunto la parete come avesse timore che crollasse.

Una donna, accorgendosi dell'attenzione di Agnese e della serva, si volse anche lei a guardare; poi d'un balzo s'accostò alla madre del prete, la chiamò sottovoce, le sollevò il viso con la mano.

Gli occhi della madre erano socchiusi, ma vitrei, e la pupilla era salita in su, scomparsa; il rosario le cadde di mano, la testa si piegò sul fianco della donna che la reggeva.

– È morta – gridò la donna.

In un attimo tutti furono in piedi, tutti in fondo alla chiesa.

Paulo intanto era già rientrato nella sagrestia, con Antioco che riportava il libro degli Evangeli.

Tremava: tremava di freddo e di gioia; aveva veramente l'impressione di uno scampato da un naufragio, e sentiva il bisogno di muoversi, per scaldarsi, per convincersi che tutto era stato un sogno.

Un rumore confuso di voci, dapprima lieve, poi sempre più forte, saliva dalla chiesetta, Antioco sporse la testa dall'uscio e vide tutta la gente laggiù ferma in fondo, come se la porta fosse ostruita; ma già un vecchio saliva gli scalini dell'altare facendo dei cenni misteriosi.

– La madre si sente male.

Paulo fu giù di volo, ancora rivestito del camice, e s'inginocchiò, stretto dalla folla, per guardare meglio la madre distesa sul pavimento con la testa sul grembo di una donna.

– Madre, madre?

Il viso era fermo e duro, gli occhi socchiusi, i denti ancora stretti nello sforzo di non gridare.

Egli intese subito ch'ella era morta della stessa pena, dello stesso terrore che egli aveva potuto superare.

E anche lui strinse i denti per non gridare, quando sollevò gli occhi e nella nuvola confusa della folla che gli si accumulava attorno incontrò gli occhi di Agnese.

L'Autrice

Grazia Deledda nacque a Nuoro, piccolo capoluogo al centro della Sardegna, il 27 settembre 1871. Quinta di sette figli, proveniva da una famiglia agiata, e questo le diede la possibilità, dopo i limitati studi concessi alle donne alla fine dell'Ottocento, di proseguire privatamente e da autodidatta la sua istruzione. Si impegnò con dedizione nell'apprendimento dell'italiano che per lei, sarda, era la seconda lingua.

Contrariata dalla famiglia e dalla comunità nuorese, iniziò a pubblicare sotto pseudonimo. Nel primo periodo della sua carriera di scrittrice, si dedicò con passione agli studi sulle tradizioni popolari della Sardegna. Tutto il materiale raccolto sul folklore sardo confluirà poi nelle sue opere.

Poco più che ventenne, collaborava già con numerose riviste, sarde poi nazionali, e aveva pubblicato diversi racconti e i primi romanzi. Il suo racconto d'esordio, *Sangue sardo*, uscì nel 1888 sulla rivista romana "Ultima moda", e di questo anno è il primo romanzo, *Memorie di Fernanda*. Nel 1890 pubblicò la sua prima raccolta di novelle, *Nell'azzurro*.

A partire dal 1895 iniziò a raccogliere i frutti del suo lavoro. Il romanzo *La via del male* fu accolto con successo dalla critica e le sue opere iniziarono a essere tradotte all'estero.

Nel 1900 si sposò e si trasferì a Roma, da cui non si spostò più se non per brevi viaggi.

Sempre consapevole della novità della sua opera, Grazia Deledda vinse il Nobel per la Letteratura per l'anno 1926 «*for her idealistically inspired writings which with plastic clarity picture the life on her native island and with depth and sympathy deal with human problems in general*». A oggi è ancora l'unica donna italiana a essere stata insignita di questo premio.

I suoi romanzi ebbero un pubblico molto vasto anche a livello europeo perché, pur avendo come scenario privilegiato la Sardegna, riguardavano drammi universali di passione, desiderio, peccato e colpa. I personaggi sono sempre al centro di un conflitto tra desideri e tabù. Combattono contro divieti imposti dalla società, principi religiosi, vecchi codici comportamentali e, non ultimo, contro la forza della propria coscienza, in bilico tra il desiderio di vita e il senso di colpa. Ma vengono sconfitti da un destino a cui non sanno opporsi.

Questi temi, che provengono anche dalle disparate letture dell'autrice, si arricchiscono sullo sfondo del paesaggio sardo, sempre al centro della sua letteratura e vero protagonista.

Nei dieci anni successivi all'assegnazione del premio Nobel, le opere si susseguirono con ritmo incalzante: *Annalena Bilsini* (1927), *Il vecchio e i fanciulli* (1928), *Il paese del vento* (1931), *L'argine* (1934), *La chiesa della solitudine* (1936). Consistente fu anche il numero delle traduzioni.

Grazia Deledda morì a Roma il 15 agosto del 1936 e adesso riposa a Nuoro nella Chiesa della Solitudine.

Nel 1936 uscì postumo un romanzo dal carattere autobiografico, *Cosima*, prezioso lascito per la conoscenza della sua gioventù e del suo percorso di scrittrice.

Nota redazionale

Il testo è la riedizione dell'opera *La madre*, Treves, Milano 1920.

Siamo intervenuti, aggiornandole, su forme desuete riguardanti la grafia (parole con 'i' diacritica sovrabbondante come, ad esempio, *goccie*); usi non correnti dell'articolo o del genere (*le tempia*, *le frutta*); grafie in disuso e indecisioni tra scempie e geminate (come *susurro*).

Le grafie univerbate sono state uniformate secondo l'uso moderno (*eppoi* / e poi).

Nei casi di oscillazione della formazione dei plurali, come quelli circonflessi (*intercolunnî*), si è scelto di adottare la forma più moderna: intercolunni.

Sono stati corretti, senza segnalare ogni singolo caso, i refusi presenti nel testo, come *literno* (linterno), e gli usi della punteggiatura considerati obsoleti.

Per conservare le peculiarità della lingua letteraria dell'epoca, si sono mantenute le forme trittongate (*figliuolo*, *usignuolo*).

Si sono inoltre conservati gli arcaismi e i termini desueti (per esempio: *brage*, *sibbene*, *sacrifizio*).

Se non necessario al fine di indicare la retta dizione, si è deciso di eliminare l'accento grafico: *sciabordìo*, *vôlta*, *mormorìo*.

I pensieri dei personaggi sono stati riportati tra virgolette, secondo l'uso della nostra collana.

La collana "Le Grazie"

Memorie di Fernanda, 1888
Nell'azzurro, 1890
Stella d'oriente, 1890
Fior di Sardegna, 1891
Racconti sardi, 1894
Tradizioni popolari di Nuoro in Sardegna, 1894
Anime oneste, 1895
La via del male, 1896
L'ospite, 1897
Il tesoro, 1897
Le tentazioni, 1899
La giustizia, 1899
Il vecchio della montagna, 1899
Elias Portolu, 1900
La regina delle tenebre, 1901
Dopo il divorzio, 1902
Cenere, 1903
Nostalgie, 1905
I giuochi della vita, 1905
Amori moderni, 1907
L'ombra del passato, 1907
Il nonno, 1908
L'edera, 1908
Il nostro padrone, 1910
Sino al confine, 1910
Nel deserto, 1911
Chiaroscuro, 1912
Colombi e sparvieri, 1912
Canne al vento, 1913
Le colpe altrui, 1914
Il fanciullo nascosto, 1915
Marianna Sirca, 1915
L'incendio nell'oliveto, 1917-1918
Il ritorno del figlio, 1919

La madre, 1919
Il segreto dell'uomo solitario, 1921
Il Dio dei viventi, 1922
Il flauto nel bosco, 1923
La danza della collana, 1924
La fuga in Egitto, 1925
Il sigillo d'amore, 1926
Annalena Bilsini, 1927
Il vecchio e i fanciulli, 1928
Il dono di Natale, 1930
La casa del poeta, 1930
Il paese del vento, 1931
La vigna sul mare, 1932
Sole d'estate, 1933
L'argine, 1934
La chiesa della solitudine, 1936
Cosima, 1936

Tutti i titoli sono disponibili in formato ebook (epub, Kindle).

www.ingramcontent.com/pod-product-compliance
Lightning Source LLC
LaVergne TN
LVHW011029110826
845149LV00015B/3347

* 9 7 8 8 8 3 3 0 9 0 3 6 8 *